Encruzilhada

Lúcio Manfredi

1ª edição

editora draco

Sao Paulo
2015

Lúcio Manfredi
nasceu em São Paulo, em 1970, e vive no Rio de Janeiro desde 2001. É escritor e roteirista da TV Globo, com contos publicados nas antologias *Intempol* (2001), *Histórias do Olhar* (2002), *Como Era Gostosa a Minha Alienígena* (2002), *Vinte Voltas ao Redor do Sol* (2005), *Dez Contos de Terror* (2009), *Galeria do Sobrenatural* (2009) e na coletânea *Imaginários v. 6* (2015). Em 2010, publicou seu primeiro romance, *Dom Casmurro e os Discos Voadores.*

Publisher: Erick Santos Cardoso
Produção editorial: Janaina Chervezan
Edição: Cirilo S. Lemos
Capa e arte: Ericksama

Dados Internacionais de Catalogação na Publicação (CIP)
Ana Lúcia Merege 4667/CRB7

M 276

Manfredi, Lúcio

Encruzilhada / Lúcio Manfredi. – São Paulo : Draco, 2015.

ISBN 978-85-8243-064-4

1. Ficção brasileira I. Título II. Série

Índice para catálogo sistemático:

1. Ficção : Literatura brasileira 869.93

1ª edição, 2015

Editora Draco
R. César Beccaria, 27 – casa 1
Jd. da Glória – São Paulo – SP
CEP 01547-060
editoradraco@gmail.com
www.editoradraco.com
www.facebook.com/editoradraco
Twitter e Instagram: @editoradraco

LÚCIO MANFREDI

ENCRUZILHADA

PARTE I

só
soluçando eu avanço
por vias que se encruz
ilham

– Maiakóvski*

* Tradução de Haroldo de Campos.

$\aleph_1$

TUDO ISTO ELE VÊ NUM relance: a estante de madeira escura, envernizada, encostada à parede, a TV flutuando na prateleira central como uma ilha cercada de bibelôs por todos os lados; os dois pilares de cedês ladeando o moderno aparelho de som na extremidade diametralmente oposta; a mesinha de centro, enfeitada com mais bibelôs; o sofá e as duas poltronas cor de caramelo; a porta que dá para a cozinha, a escada que leva para o andar superior; tudo isto ele vê num relance.

Não presta atenção ao que vê. Seus olhos se voltam para a sala a fim de não atrapalhar o trabalho das mãos que forçam os trincos da janela. Faz muitos, muitos anos desde que foi obrigado a arrombar uma janela pela última vez, mas ainda não perdeu o jeito da coisa. Isso foi antes que ele descobrisse possuir habilidades muito mais rentáveis economicamente. Agora, porém, abrir aquela janela específica é uma necessidade, uma questão de sobrevivência, e seus dedos respondem com a presteza de quem trabalha melhor sob pressão.

A janela cede com um estalido. Max afasta as lâminas de vidro para os lados e salta para dentro da sala. Ao tornar a fechar a janela, vê seu próprio reflexo projetado sobre a noite, a expressão cansada, os olhos febris, a cicatriz latejando na face esquerda. Não perde muito tempo na contemplação de si mesmo. Sabe a cara que tem e, neste momento, está mais preocupado em manter essa cara longe das vistas de outros olhos.

Onde é que ele foi?

Não pode ter sumido...

Acha ele, caralho!

Encostado à parede, ofegante com o esforço, Max arrisca uma espiada pela fresta da cortina. Meia-dúzia de homens armados, com a proverbial cara de poucos amigos, correm pela rua, olhando perplexos para os lados. Por um momento, sente-se dependurado no espaço entre duas batidas do coração. É quando um dos homens, cujas feições Max conhece já de outras vidas, olha diretamente para a casa, para a janela, para ele. Aperta com mais força o cabo da arma, o suor se condensando em sua testa como o resultado de uma experiência alquímica maluca, destinada talvez a coagular a pura essência do medo. Uma experiência, no que diz respeito a Max, coroada de sucesso.

O cano da arma se ergue por um impulso que parece nascido antes da própria pistola do que da mão que a empunha. Desbrava as trevas, rasga a escuridão. Aponta para o caminho que a bala deve seguir, a trajetória de um cometa em meio à noite sem estrelas. O cão recua. O dedo aperta o gatilho.

A arma dispara.

A torneira da cozinha protesta contra a invasão com um grito rouco, enferrujado, o grito de alguém que durante muito tempo não teve uma voz ativa e agora tenta compensar mas não tem muita certeza de como. Mas é um grito inútil. Não há ninguém ali para ouvir a torneira gritar, a não ser Max. E ele sabe que a casa está vazia, ou não teria entrado. Luzes apagadas, garagem vazia, um quintal coberto de poeira acumulada e folhas secas que se esparramam com a confiança de quem não espera ter que enfrentar a oposição de uma vassoura. Mesmo a roquidão da torneira, a água embarreirada que flui e que ele deixa escorrer por um tempo antes de se inclinar para frente e encostar a boca nos lábios frios de metal, contribui para sinalizar ausência, abandono e solidão.

Max sabe do que a casa está falando.

O que ele não sabe é porque a casa lhe fala dessas coisas. A mobília da sala e a cozinha aparelhada lhe dizem que, até meses atrás, talvez menos, talvez semanas, havia gente morando ali. E eles não se mudaram, porque ninguém se mudaria deixando para trás cedês e tevês, sofás e bibelôs. Principalmente os bibelôs. O mais provável é que tenham saído numa longa viagem, o que significa que podem voltar a qualquer momento, hoje até, nas próximas horas, minutos, e surpreender Max ali, um intruso com uma arma na mão. Ele não quer isso, não quer ter de usar a arma de novo, sobretudo contra gente que nunca lhe fez nada e ainda contribuiu, involuntariamente que seja, para livrar a cara dele. Melhor não se demorar. Sair agora, porém, é se arriscar a dar de cara de novo com Carangola e os outros. Antes de entrar na cozinha, Max deu uma última espiada pela janela e viu a rua que lhe pareceu deserta. Mas isso não quer dizer nada, pode ser uma cilada. Carangola é esperto o suficiente para deduzir que Max se escondeu em algum lugar, mandar parte de seus cupinchas continuar na perseguição e deixar outra parte de tocaia por ali. Por outro lado, se Carangola é tão esperto, por que não lhe ocorreu examinar a casa visivelmente abandonada, a casa para a qual ele chegara a olhar? Aquilo não está certo, não coincide com o que Max conhece sobre o outro. E, já que estamos no assunto, também não coincide com o que Max conhece sobre si mesmo. Por que entraria numa casa que, se ele fosse descoberto, se transformaria instantaneamente numa armadilha? Mesmo acuado, premido pela urgência, ele teria pensado nisso. Nesta profissão, não se sobrevive sem um tipo de raciocínio estratégico instintivo, intuitivo, e Max tem sobrevivido muito bem, obrigado. Tenta relembrar o instante em que a inspiração lhe ocorreu. As imagens lhe vêm toldadas por uma névoa de adrenalina. A vantagem sobre Carangola diminuindo, duzentos metros, cento e cinquenta metros, cem metros. O dobrar a esquina. Sair da vista o mais rápido possível. O olhar febril pela rua. A casa brilhando com sua aura de poeira e sua mortalha de folhas secas. Na hora, lhe pareceu a melhor coisa a fazer.

A *única* coisa a fazer.

Fosse ou não a escolha certa, são águas passadas. E por falar em água, a da torneira tem um gosto metálico, maciço, uma britadeira líquida abrindo um buraco em sua garganta e afundando no estômago em uma nuvem de estilhaços de concreto que, em vez de aplacar a sede, só fazem enriquecê-la, acrescentando um sabor desagradável de ranço. Max enxuga a boca com as costas da mão direita, a esquerda sem nunca largar a arma, e olha para a geladeira, quem sabe ali não encontrará algo mais palatável, uma garrafa de cerveja ou refrigerante que os donos da casa tenham esquecido? Mas o olhar de Max não chega até a geladeira, impávido colosso branco encostado à parede branca. Seus olhos se detêm no meio do caminho, na porta que acabou de transpor não faz nem cinco minutos.

As luzes da sala estão acesas.

$\aleph_2$

Disto ele sabe.

As luzes da sala estavam apagadas, agora estão acesas. E não foi ele que acendeu, que não seria besta de iluminar uma placa para os homens de Carangola anunciando *Max está aqui*. Mas, se não foi ele que acendeu, só pode ter sido outra pessoa. Ou não. Talvez a casa tenha um *timer*, programado para iludir os arrombadores, fazê-los pensar que não é uma casa vazia, que alguém ali vive, respira, come, caga – e acende as luzes quando a noite cai. A noite, porém, já caiu há muito tempo e não parece provável que o *timer* só tenha se lembrado de acionar agora, quando a maioria das pessoas que vivem, respiram, comem e cagam começa a se preparar para dormir, um ritual que inclui, não acender as luzes, mas apagá-las. O que leva Max de volta ao ponto de partida: se não foi ele que acendeu (ele, Max; ele, o *timer*), só pode ter sido outra pessoa.

Volta para a sala, a coronha em sua mão esquerda pulsa uma pulsação paranoica, uma canção silenciosa de alarme, feita de suor frio e do sangue que se precipita para a palma e a ponta dos dedos, deixando o indicador de prontidão sobre o gatilho. O indicador continua onde está. O lugar continua vazio. As luzes continuam acesas.

Com a imobilidade de um deus prestes a desabar sobre o mundo, Max deixa seu olhar escorrer pela sala, devassá-la, palmilhar seus recantos que não são muitos, o olhar perfaz o circuito e volta com a informação que Max já possuía, a de que tudo continua no mesmo lugar, do mesmo jeito, com exceção da lâmpada, que continua no mesmo lugar, mas não do mesmo jeito, antes desenxabida, agora radiante, mistério, mágica, milagre até. Max, porém, não é um grande fã de milagres, ao menos quando não é capaz de dizer o santo e, ao deparar com a escada acarpetada, acabrunhada no canto, tem o palpite de que o nicho do santo se oculta no andar de cima do sobrado, e pode ser que o nicho do santo tenha um telefone, e pode ser que o santo esteja agora mesmo com o telefone na mão, discando para a polícia ou para o celular de Carangola, já que o santo pode ser tanto um morador assustado quanto um inimigo infiltrado, ou então não tem morador assustado nenhum, a casa é uma arapuca, estava lá para atraí-lo, uma planta carnívora como a que Max viu no Discovery Channel quando era criança, suas paredes se fechando sobre ele, exsudando um suco digestivo invisível, reduzindo-o a uma carcaça ressequida, embalada para presente, pronta para ser entregue nas mãos de Carangola para que Carangola entregue o presente a outras mãos que o aguardam.

Empunhando a arma com determinação, avança para a escada, os degraus mergulham num poço vertical de escuridão que desemboca num poço de escuridão horizontal, um corredor onde as luzes continuam apagadas, com a obediência servil que faltou à lâmpada da sala. O espírito de Max paira sobre as trevas, seus olhos levam um tempo para se acostumar, para recolher os parcos fótons que flutuam pela atmosfera deserta, encontram sua pupila e se reúnem para dar forma a um arremedo de visão, as imagens lhe vêm toldadas por uma névoa e em momento algum Max se pergunta como alguém feito ele sabe o que são fótons ou onde adquiriu o conhecimento de que, antes de bombardearem a retina, eles não passam de fantasmas probabilísticos indeterminados. Isso é coisa de físico, não de alguém feito ele, alguém feito ele se preocupa mais em identificar pontos estratégicos, locais onde seus inimigos, fantasmas probabilísticos indeterminados, podem estar de tocaia, à espera do momento certo de cair em cima dele com a imobilidade de um deus prestes a desabar sobre o mundo. Identifica pelo menos dois desses pontos, duas portas, uma em cada extremidade do corredor silencioso, duas portas que se presume levarem a dois quartos.

Max percorre o corredor silencioso com passos silenciosos, caminha em direção ao quarto à direita da escada, a porta está apenas encostada, ele empurra. A luz está acesa e ele se espanta por não tê-la visto vazar pelas frestas da porta, mas bonecas e bichos de pelúcia enfileirados sobre o guarda-roupinha são os únicos ocupantes do quarto, um quarto de criança, de menina, exceto que a menina não está lá. Estão lá apenas duas Barbies e uma Suzie, um elefante verde sorridente e um panda tristonho, gatos brancos e cachorros vermelhos, um bebê mijão ao qual falta um olho de plástico e uma boneca que sempre diz mamãe, mas agora não diz nada, porque mesmo uma boneca é esperta o bastante para se calar diante de um homem com uma arma na mão. Max não chega a entrar, espia da porta, vê que nenhum dos bonecos e bichos constitui uma ameaça visível, torna a encostar a porta e, percorrendo o corredor silencioso com passos silenciosos, caminha em direção ao quarto à esquerda da escada.

Lentamente, estende a mão para a maçaneta, cautela e caldo de galinha nunca fizeram mal a seus dedos. Dócil e solícita, a porta se abre. Luzes igualmente acesas, onde foi que os donos da casa compraram essas luzes que não vazam? É um quarto de casal, a cama cuidadosamente arrumada com uma colcha magenta estampada de flores brancas e caules verdes, tão brega quanto os bibelôs da sala, uma beleza brega que lhe lembra a infância. Não é ali que seus inimigos, fantasmas probabilísticos indeterminados, se escondem. Quem se esconde ali é apenas o criado-mudo, mudo e encolhido entre a cama e o guarda-roupa de teca envernizada, com cara de coisa comprada nas Lojas Americanas em dez vezes sem juros. Encarapitado sobre o criado-mudo, meio virado para a parede, como que envergonhado, um porta-retrato porta um retrato. Da porta, Max não consegue ver a foto, mas ficou curioso, qual será a cara dos moradores da casa, capazes de instalar luzes que não vazam? Entra, se aproxima, apanha o porta-retrato, é uma foto de casal, os dois abraçados, olhando para a câmera com expressão de apaixonados, e o rosto de Max se contorce numa expressão formada por várias emoções em superposição coerente, todas desagradáveis, espanto e pânico e paranóia e incredulidade, e ele deixa cair o porta-retratos que se estilhaça no chão, e Max recua, vira as costas e sai do quarto quase correndo, pisoteando os fragmentos de vidro, porque a mulher é uma loira bonita e sorridente que ele nunca viu na vida, mas o homem, o homem que a abraça e olha para a câmera com expressão de apaixonado, o homem é Max.

Ele desce as escadas num tropel desabalado, só para um instante no pé da escada, ao notar que as luzes da sala estão novamente apagadas, mas não tem tempo de pensar nisso agora, precisa sair daquela casa, daquela armadilha, daquela arapuca, precisa sair daquela planta carnívora que ele viu no Discovery Channel quando era criança, e não está nem aí se os fantasmas probabilísticos indeterminados estão esperando por ele do lado de fora, voa na direção da porta da rua, tenta abrir, ela está trancada. Sacode a maçaneta, puxa, bate com os punhos, ela se recusa a abrir, podia aprender algumas lições de docilidade com a maçaneta do quarto. Max desiste da porta, entrou pela janela e vai sair pela janela, tem uma certa simetria aí, mas a simetria é quebrada pela grade de ferro que bloqueia a janela, a grade de ferro que não estava lá antes, ou Max não teria conseguido entrar, mas está lá agora e Max não consegue sair. Tem uma certa simetria aí.

Vai ver é a simetria que provoca a gargalhada às suas costas, alguém acha aquilo muito engraçado, mas Max não vê graça nenhuma, volta-se com a arma na mão e, sobre o sofá, depara com um pequeno esqueleto de plástico, um boneco de corda, desses vendidos em camelôs, não mais de quinze centímetros de altura, sentado, a olhar para Max com seus olhos vermelhos brilhantes, dois pequenos leds que piscam, a mandíbula se agitando enquanto ele gargalha. Max devia se sentir aliviado, é só um boneco de corda, um pequeno esqueleto de plástico, um companheiro desgarrado dos elefantes sorridentes e pandas tristonhos no quarto da menina, só que o boneco não saiu do quarto sozinho e Max não consegue se livrar da impressão de que é dele que o boneco se ri e a gargalhada não para, a gargalhada aumenta, Max aponta o revólver para o esqueleto, o cano da arma se ergue por um impulso que parece nascido antes da própria pistola do que da mão que a empunha, desbrava as trevas, rasga a escuridão, aponta o caminho que a bala deve seguir, a trajetória de um cometa em meio à noite sem estrelas, o cão recua, o dedo aperta o gatilho, a arma dispara.

Reduzido a uma caveira cercada por fragmentos de plástico, o boneco continua a rir de Max.

ℵ3

Sentado no banco da praça, ele espera. Velhinhos aposentados passam arrastando os pés para lá, crianças pequenas passam correndo para cá. Uma senhora apoiada num andador de aço flutua pela Décio Vilares numa nuvem de rugas e tecido drapejante. Uma babá empurrando um carrinho de bebê esvoaça pela Anita Garibaldi numa minissaia de viscose e ancas rebolantes. Max espera, admira a bunda da babá e enfrenta o olhar severo de Edmundo Bittencourt, a cabeça de bronze congelada numa expressão de censura. Max não liga para o olhar morto do jornalista morto. Max espera, e quem ele espera não tarda a chegar, um negro parrudo, de olhos bulbosos e lábios grossos, camiseta velha, branca, com um ponto de umbanda riscado em vermelho. O rosto fechado numa carranca que se abre num sorriso irônico ao encontrar Max que espera no banco da praça, embica na direção dele e se senta ao seu lado. É só quando Carangola senta que Max nota o envelope pardo enfiado no cós da calça. Carangola pega o envelope, joga no colo de Max.

– Taí o nome, foto e endereço do cara.

A mão de Max não demonstra a menor intenção de pegar o envelope, que se equilibra em seus joelhos imóveis apenas por força da gravidade.

– Já falei pro Tatá que não tô mais nessa vida – ele diz, sem encarar Carangola.

– E ele respondeu que é a última vez.

Max sacode a cabeça, aposta que o busto de Bittencourt não consegue fazer isso.

– Não, Carangola. A última vez foi aquela guria no Leblon. Eu deixei isso bem claro pro Tatá.

– Ele ta pagando bem. Mais que o dobro.

– Por quê? Por que tem que ser eu? Tem um monte de gente que pode fazer esse serviço. – Max estende o envelope de volta para Carangola. – Você, por exemplo.

Carangola escancara a boca numa risada e não pega o envelope.

– Cê ta cansado de saber que o meu negócio é outro.

– Qualquer um, então – Max levanta, querendo por cobro à conversa. – O que não falta nesta porra de mundo é matador.

Carangola continua sentado e apenas seus olhos se erguem para acompanhar o movimento de Max.

– Acontece que o Tatá confia em você, Max. E em mais ninguém.

– Pois vai ter que aprender a confiar em mais alguém – retruca Max, jogando o envelope sobre o banco com displicência. – Tô de saco cheio de puxar o gatilho. Diz isso pra ele.

Ele fala e vai se afastando de Carangola, segue o rastro da babá de bunda rebolante que sumiu na Anita Garibaldi com o carrinho de bebê.

– Ta bem – responde Carangola – eu vou dizer. Mas você conhece a filosofia do Tatá. Se você não é o caçador...

– Você é a caça – Max completa, sem se deter ou se voltar. – É, eu sei.

Não ouve o suspiro de Carangola, nem o vê tornar a guardar o envelope.

ℵ$_4$

Quem visse o interruptor engastado numa moldura dourada, cheia de frufrus, pensaria até que estava diante das joias da coroa, e não de um botão de plástico vagabundo, não fosse a moldura também de plástico, numa imitação barata de ouro velho. Max, porém, está pouco se fodendo para a moldura cheia de frufrus, e continuaria pouco se fodendo mesmo que fosse verdadeiro ouro velho, e não uma imitação barata. Do interruptor, ele só espera que cumpra sua função de emitir a corrente elétrica que alimenta a lâmpada fluorescente no teto da cozinha, porque agora ele faz questão da luz, não tem ideia do que há naquela porra de casa dos infernos, mas indiscutivelmente é algo que ele não vai querer enfrentar no escuro, pode ter o dedo de Carangola aí e pode não ter, pode ser o Tatá armando pra cima dele e pode não ser, e é esse duplo não que o assusta, que arranca a situação do âmbito de normalidade com o qual Max está acostumado e a arrasta para um outro patamar, um patamar onde coisas assim acontecem, entrar a esmo numa casa e encontrar o próprio retrato no quarto de casal, posando sorridente ao lado de uma mulher que ele nunca viu mais gorda, se é que nunca viu mais gorda, e depois descobrir que grades de ferro brotam do nada, no nada, para lhe barrar a fuga, como se a sala fosse uma cela e a casa, um presídio maquiado para se parecer com uma casa. Vai ficar lá de bobeira, esperando para descobrir? No cu pardal, se não o querem saindo pela frente, vai escapar pelos fundos.

O interruptor pode ser metido a besta mas é um profissional consciente, transmite o recado para a luminária no teto e uma luz branca e prosaica, chapada qual iluminação de novela, escorre pelas paredes da cozinha. Menos mal, ela mostra a porta dos fundos bem onde Max esperava que estivesse, uma porta de vidro que lhe escapou quando entrou para beber água na torneira, agora é ele quem vai escapar pela porta de vidro, a menos que ela também esteja trancada, mas nem isso há de detê-lo, vai arrebentá-la a coronhadas se for preciso, não é preciso, a porta se abre com facilidade e Max sai.

O quintal é um buraco negro, negro e redondo, um semicírculo delimitado por um muro de metro e meio que Max não terá a menor dificuldade de pular, além do qual ele entrevê a liberdade sob a forma de um mar de estrelas formado pelas janelas das casas e pelos postes de iluminação pública. Não consegue enxergar nada entre a porta e o muro, nem o chão do quintal, não sabe se é ladrilhado ou cimentado, se o piso é branco ou vermelho, se está vazio ou atulhado de cacarecos, não vá me tropeçar logo agora, mas mesmo assim Max atravessa a escuridão sem se deter a procurar o melhor caminho, não tem tranqueira que possa se revelar tão perigosa quanto a coisa inominável que ele adivinha espreitar dentro da casa, e o quintal é pequeno, menos de quatro metros o separam da mureta, Max pretendia atravessar a escuridão sem se deter, mas é obrigado a se deter quando a escuridão rosna para ele.

A escuridão rosna para ele e coalesce, a escuridão se condensa e coagula, toma forma diante de seus olhos, e a forma que ela toma diante de seus olhos é a de um canzarrão negro, caninos brancos e olhos vermelhos, um muro de pelos pretos muito mais intransponível que a mureta de metro e meio, e ao contrário da mureta de metro e meio, que permanece estática entre Max e o mar de estrelas, o muro de pelos pretos avança sobre ele, não com o bote rápido da fera na selva, mas com a lentidão deliberada, intencional, do caçador que acua a fera na selva. A surpresa paralisa Max, os músculos das pernas congelados pelo susto, o coelho indefeso que contempla a aproximação da morte por trás de um par de faróis vermelhos, sanguíneos, só que Max não é um coelho e não está indefeso, ele tem uma arma na mão, lembra disso num repente, ergue a pistola sem fazer mira e atira de qualquer jeito, daquela distância não tem como errar, convoca o gatilho, o gatilho responde com um clique desanimado, aperta de novo, de novo e de novo, e só ouve clique clique clique, nesse meio tempo o cachorro não para de rodear Max em círculos concêntricos de diâmetro decrescente, a cada clique a roda diminui, até que Max se cansa de fabricar cliques e faz a única coisa que lhe resta, volta correndo para a segurança da casa, o animal corre atrás dele e Max bate a porta na cara do cachorro e o cachorro bate as patas na porta, reclamando com latidos veementes da falta de espírito esportivo de Max.

Ele se apoia contra a porta, sente as patadas do cachorro ecoando em suas costas e examina o revólver, não tinha hora melhor para o filho da puta falhar? Não encontra nada de errado com o revólver, porém. Aponta para a parede e dispara, a bala sai zunindo e desaparece estuque adentro, o estrondo dançando pelo ar da cozinha. Menos mal. Volta-se para a porta, faz pontaria no cão através do vidro e clique. Atira na parede, bangue. Atira no cão, clique. Parede, bangue. Cão, clique. Bangue. Clique. O cachorro o encara com cara de paisagem, não tem a menor pressa, os dois podem passar a noite toda nessa brincadeira de bangue-e-clique, a impassibilidade é uma forma de ironia superior ao sarcasmo.

Max é um matador pós-pós-moderno, não acredita no sobrenatural, não acredita em nada, a explicação para o comportamento errático da arma só pode estar na própria arma, acabou de examiná-la mas não custa examinar de novo, nem que tenha de desmontá-la peça por peça, da mesma forma que desmontou o despertador da mãe quando tinha nove anos e depois não soube montar de novo, mas era um despertador antigo, herança do avô, a caixa dourada com um par de campainhas douradas no topo, os números góticos quase ilegíveis, para falar a verdade era até um pouco brega, não tinha a elegância contemporânea da pistola, o pente que se encaixa no interior da coronha com um clique suave, bem diferente do clique da arma engasgando. Max retira o pente, vai ver tem alguma coisa que só bloqueia a bala quando ele coloca a arma em determinada posição, nunca ouviu falar disso, mas é uma explicação e a explicação para o comportamento da arma só pode estar na própria arma. Só que não está e, em vez de uma explicação, o que Max encontra é outro fato à espera de explicação, porque o magazine se mostra intacto, o pente totalmente carregado, sem faltar uma bala sequer, nem as que ele acabou de despejar no estuque da parede, nem sequer a bala com a qual ele destruiu o esqueleto de plástico na sala.

Resignado, Max torna a subir as escadas. Se não consegue escapar, precisa ao menos entender, e a única pista de que dispõe é a foto no quarto de casal. Precisa determinar se é uma foto autêntica ou uma montagem e, sendo autêntica, quando foi tirada. Mais importante que tudo, precisa determinar quem é a mulher sorridente que olha para a câmera com um ar de apaixonada. Entra no quarto, a foto continua caída no chão entre os cacos, ele se abaixa, pega-a entre os dedos, com cuidado para não cortar a mão, levanta-a à altura do rosto e balança a cabeça, sem saber o que fazer com o que vê. A foto é a mesma, a pose é a mesma mas, em vez de Max e da loira sorridente, um homem gordo e careca, de bigode, e uma mulher também gorducha, de cabelos tingidos de vermelho, olham para a câmera com um ar de apaixonados. Max senta na beirada da cama, põe a foto de lado com displicência e balança a cabeça com uma risada seca.

– A explicação é essa – diz. – Eu enlouqueci.

De si, para si e em si.

א 5

Isto era tudo o que ele sabia sobre ela: chamava-se Rosa, morava no quinto andar de um flat na Bartolomeu Mitre e era uma loira sorridente. Pelo menos, estava sorrindo na foto que lhe foi mostrada. O que ele não sabia era o motivo pelo qual lhe mandaram matá-la. Provavelmente porque devia algum dinheiro ao Tatá ou então era uma amante que lhe botara um par de chifres. Max não estava nem aí. Nunca estivera, quanto menos soubesse, menos se envolvia, podia cumprir sua tarefa com mais eficiência se olhasse os alvos como coisas, objetos inertes, desprovidos de motivos e motivações. E estava ainda menos propenso a se envolver agora, que decidira parar com a matança, juntar o dinheiro que tinha economizado e partir pra outra. Às vezes, pegava-se imaginando o que teria sido de sua vida se sua vida tivesse tomado outros rumos. Todo mundo faz isso, ele também. Quando criança, gostava de construir edifícios imaginários com bloquinhos de madeira e sua mãe dizia que ele seria engenheiro, mas também gostava de saber como as coisas funcionavam e seu pai dizia que ele seria um físico. Acabou não sendo nem uma coisa, nem outra, acabou virando um matador, alguém que estava cagando e andando para o modo como as coisas funcionavam e que, em vez de construir, destruía. *E eu me tornei a Morte, o Destruidor de Mundos*. De onde vinha aquela citação, que volta e meia assombrava seus pensamentos? Não lembrava, era só um fragmento que tinha ouvido em algum lugar, mas um fragmento apto, adequado para descrevê-lo, e era por isso que volta e meia assombrava seus pensamentos. Porque cada alvo que ele eliminava era um mundo inteiro que deixava de existir, e ele se cansara de ser um destruidor de mundos. Era quase certamente tarde demais para se tornar um físico, um engenheiro, era quase certamente tarde demais para se tornar qualquer coisa, mas não era tarde demais para deixar de ser o que era. Por isso, embora Tatá não soubesse, Max decidira que aquele seria o seu último trabalho. O depois, a ver veria.

Entrou na recepção do prédio, submergiu na onda fria do ar-condicionado, aliviado por deixar o calor do lado de lá da porta de vidro automática. A recepção era tão fria quanto a atmosfera que abrigava, a brancura da parede quebrada aqui e ali por pinturas abstratas neutras e um jogo de sofás cor de caramelo. Andou até o balcão revestido por uma imitação de granito, encimado por um tampo de fórmica da cor do gelo. Não vestia uniforme, o do entregador que jazia amarrado e amordaçado numa lixeira de rua era muito pequeno para Max, mas trazia na mão direita a quentinha de alumínio numa sacola de plástico que balançava junto à coxa, a mão esquerda livre para alcançar com rapidez a arma sob a axila em caso de necessidade. Anunciou-se para o porteiro, um sujeito alto e magro, que ostentava um ar de tédio e uma dentuça branca, ambos contidos à força pelos cabelos compridos e castanhos, o nome em letras cursivas no crachá da lapela, Batista. O porteiro derramou o ar de tédio sobre Max, pegou o interfone sem dizer nada e discou o número do apartamento, cinco-zero-três. Max imaginou Rosa sentada no sofá, inclinada sobre a mesinha de centro, enrolando um baseado. Na imaginação de Max, ela ouviria o interfone tocar, mas o ignoraria até terminar o que estava fazendo. O interfone continuaria tocando, insistente, chato. Ela terminaria de enrolar o baseado quando o porteiro já estivesse prestes a desligar, de saco cheio, anunciando o óbvio, ninguém atende. Antes que a cena se concretizasse, ela atendeu.

– Dona Rosa, é do restaurante. A senhora pediu alguma coisa?

– Pedi, sim, Batista – imaginou Max – pode mandar subir.

Batista desligou e apontou para os fundos com um meneio quase imperceptível da testa, sua dignidade de porteiro não lhe permitia conspurcar os lábios com palavras a um reles entregador. Max abriu caminho por entre a massa de ar frio, o elevador estava parado no térreo e ele entrou, sempre dentro do personagem, acompanhando os números digitais vermelhos no mostrador do painel. Desceu no quinto andar, a porta do 503 estava fechada, tanto melhor, ela não era dessas pessoas ansiosas, que abrem a porta e ficam esperando a visita chegar no corredor. A caminho do apartamento de Rosa, passou pela lixeira, onde se desfez da agora inútil quentinha de alumínio na não menos inútil sacola branca e caminhou sem pressa até o número cinco-zero-três. Max se perguntou se ela já teria acendido o baseado, se já teria dado tempo de bater, a tarefa seria mais fácil com a vítima chapada, mas então lhe ocorreu que o baseado só existia na sua imaginação, e apertou a campainha.

Rosa abriu a porta ao primeiro toque, devia estar com fome, larica do baseado imaginário, um problema que não a atormentaria por muito tempo mais.

– Você não é do restaurante – ela disse.

– Quem me mandou aqui foi o Tatá – ele disse. – Posso entrar?

Ela não respondeu nem que sim, nem que não, dava para notar que o baseado podia não ter batido, mas o medo batera, e ela se pôs a falar, as palavras brotando de sua boca numa correria sem pausa:

– Diz pra ele que eu vou pagar logo, tô só esperando receber uns frilas aí que eu fiz.

Era dívida, então. Pensando bem, Rosa não fazia o tipo de Tatá, que preferia as morenas de pernas grossas e bunda tão saliente quanto o peitão, Rosa não tinha nada disso, fazia mais o tipo do próprio Max, um pensamento que por hora seria melhor manter à distância. Empurrou Rosa para dentro, entrou atrás dela e, devagar, tirou o revólver do coldre sob a axila.

– Eu não vim aqui para cobrar.

O cano da arma se ergue por um impulso que parece nascido antes da própria pistola do que da mão que a empunha. Desbrava as trevas, rasga a escuridão. Aponta para o caminho que a bala deve seguir, a trajetória de um cometa em meio à noite sem estrelas. O cão recua. O dedo aperta o gatilho.

A arma dispara.

$\aleph_6$

Max jaz de través sobre a cama, a colcha magenta amarfanhada, os caules verdes das flores amassados pela pressão de seu corpo inconsciente, a fotografia caída ao seu lado, sem saber o que fazer ou como voltar para o porta-retratos caído no carpete, tendo como única companhia uma arma igualmente perplexa. O sono chegou sorrateiro, como o de uma criança que adormece sem querer, depois de chorar até a exaustão. Sorrateiro é também o vulto que entra pela porta e se aproxima e olha com curiosidade para o homem que dorme. É possível que seus pés tenham pisoteado os grãos de vidro imiscuídos às fibras do carpete, como é possível que Max tenha sido atingido pela sensação de estar sendo observado. Qualquer que seja a causa, ele se remexe e o vulto recua depressa, antes que Max desperte e arregale os olhos e olhe para a porta a tempo de apenas ver uma sombra que se escapole pelo vão. Levanta, ignora a foto mas agarra a arma, e corre atrás do intruso, cujas feições não conseguiu perceber. Quando chega ao corredor, o vulto já se dissolveu no ar sutil, dissolveu o caralho, Max vê a porta do outro quarto se fechando e sabe que é para lá que deve ir, atravessa o corredor, mete o pé na porta, ela se abre com violência e se choca contra a parede. Max entra. Agora, sim, o vulto se escafedeu, o mais esquisito é que levou consigo as bonecas e os bichos de pelúcia, levou consigo o quarto da menina que Max viu há não muito tempo e deixou em seu lugar um outro quarto, de criança ainda, só que de menino, o guarda-roupa também é branco, mas o lugar do elefante e da Barbie, da Suzie e do panda, o lugar dos gatos e cachorros, esses lugares são ocupados por carrinhos de vários tipos e tamanhos, por uma bola, um skate, por vários bonecos de soldados e super-heróis e caubóis e playmobils, dinossauros, o plástico que domina em vez da pelúcia. Mas isso não é o mais esquisito. No resto da casa é noite, mas aqui a luz do Sol entra pela janela escancarada, Max espia o corredor para ter certeza e o que ele vê no corredor é a escuridão noturna, não vai cair no clichê de perguntar se está sonhando, sente muito bem que não está sonhando, a menos que esteja sonhando que sente não estar sonhando, mas isso ainda não é o mais esquisito.

O mais esquisito é que Max conhece aquele quarto.

Conhece aquele quarto como conhece aqueles brinquedos, agacha junto a uma pilha para tirar a prova dos nove, já esperando encontrar o boneco do Falcon que ele pega entre as mãos e contempla com um ar nostálgico, é o Falcon sem barba, da linha olhos-de-águia, com um macacão azul de aviador e um capacete branco com viseira de plástico verde, transparente, uma cicatriz vermelha na bochecha direita, tão semelhante à que o próprio Max ostenta na bochecha esquerda, e ele se lembra do dia em que ganhou o Falcon de seus pais, vinha pedindo o boneco desde que a Estrela lançou, mas era um brinquedo caro e o pai não tinha dinheiro, Max só ganhou seu Falcon no aniversário de dez anos, a mãe entrou no quarto logo de manhã, ele estava dormindo, ela escancarou a janela e a luz do Sol o arrancou de um sonho que já tinha esquecido antes mesmo de abrir os olhos, ele reclamou, resmungou, pediu para continuar dormindo, a mãe sorriu e disse que ele precisava levantar, daqui a pouco seus parentes e amigos e primos iam começar a ligar para lhe dar parabéns, ele abriu o olho e deu com o rosto gorducho da mãe, os cabelos pintados de vermelho, um sorriso espaçoso ocupando metade da cara, e logo atrás a careca do pai, o bigode do pai e o embrulho que o pai trazia na mão. Feliz aniversário, Max, o pai disse e estendeu o presente, Max adivinhou o que era pelo tamanho da caixa, deu um grito entusiasmado, agarrou o pacote, rasgou o papel sob a bonomia sorridente dos pais, e era mesmo o Falcon, era o mesmo Falcon que o Max adulto agora segura entre as mãos e contempla com ar nostálgico, não o mesmo modelo, mas o mesmo boneco, que ele reconhece por uma mancha de tinta no lado esquerdo do peito do macacão, o ar nostálgico dá lugar a um ricto paranoico, tem alguém tirando um barato com a minha cara, Max joga o Falcon de volta na ´pilha de brinquedos e agita o revólver para o ar num rosnado:

– Aparece, filho da puta!

Ninguém aparece, porém Max se dá conta de que, no afã de

assustá-lo, cometeram um erro, deixaram a janela aberta, a janela dá para o quintal do vizinho, dá para pular sem passar pelo cachorro negro, é uma queda razoável, mas uma queda que ele está mais do que disposto a encarar, trepa na cama, enfia o corpo pelo batente e se joga de uma vez.

Aterrisa sobre uma mesinha de centro, que se espatifa com o impacto. Deitado no tapete, entre os restos mortais da mesinha, ele olha em volta, desorientado. Está numa sala, mas não é a sala da casa, pelo menos isso, parece mais a sala de um apartamento e pelo jeito está havendo uma festa porque ele está cercado de convidados que olham para ele com expressões que variam da preocupação à consternação. Um deles se aproxima, na mão direita uma lata de cerveja, e se inclina sobre Max, pergunta se está tudo bem, Max faz que sim com a cabeça, o cara estende a mão e o ajuda a levantar, ao mesmo tempo em que diz:

– Caralho, Max! Eu te falei pra maneirar com essa merda, ela tira todo o controle dos músculos.

$\aleph_7$

De tudo isto, Max lembra num instante.

O nome do cara é Alex, ele é o dono do apartamento e da festa, os dois são colegas na faculdade de filosofia da USP. Alex, um pouco mais velho, já trabalha em sua tese de mestrado sobre a teoria dos mundos possíveis em Leibniz, seu orientador é o Moura e ele vive com Bertrand Russel para lá, Deleuze para cá, ao passo que Max ainda se debate com a graduação, que ele espera concluir em mais dois semestres. Lembra também que a loira ao lado de Alex, um copo de vodca com coca na mão e um olhar de desvelo no rosto, se chama Rosa, e se pergunta como pôde não reconhecê-la antes, quando a viu no sonho, visão, o que quer que tenha acabado de experimentar.

– Cara, você não imagina a viagem que eu acabei de ter...

– Conta aí.

Max tira a bebida das mãos de Rosa, dá um bom gole na vodca e devolve, acrescentando um beijo nos lábios da garota. Não sabe muito bem qual é a relação entre os dois, essa parte da memória continua meio enevoada, mas lhe pareceu a melhor coisa a fazer, a *única* coisa a fazer e, como ela não lhe virou nem a cara nem um tapa na cara, deduz que a intuição estava certa.

– Fala logo, porra! – pressiona Alex, impaciente.

– Calma, Alex, deixa ele tomar fôlego.

Mas Max não precisa tomar fôlego, ele saboreia a curiosidade que arde nas pupilas de Alex e deixa as maçãs do rosto de Rosa rosadas.

– Eu tava numa casa – diz, por fim. – Enorme. Na verdade, era um sobrado. Meu, parecia tão real...

– Você caiu no k-hole, seu mané! – exclama Alex, admirado.

– Que diabo é isso?

Alex adota um tom professoral, Max nunca teve aula com ele mas aposta que é o mesmo tom que Alex veste junto com a persona de professor assistente, exceto, claro, que nas aulas ele fala sobre Kant e Platão e Hegel e Nietzsche, não sobre k-hole e quetamina:

– O k-hole é o "buraco" que a quetamina forma se você tomar uma quantidade maior do que o normal – e Max vê nitidamente as aspas que emolduram o buraco.

– Que buraco, buraco aonde?

– Na realidade, onde mais?

– E eu fiz isso?

Não lembra de ter tomado uma quantidade de quetamina maior do que o normal, aliás nem sabe o que seria a quantidade normal de quetamina e, para falar a verdade, sequer lembra de ter tomado quetamina. Alex, porém, é de outra opinião:

– Porra, você cheirou uma carreira do tamanho de uma de coca! A carreira normal da quetamina tem no máximo meio centímetro...

– E aí, o que acontece? – a voz de Max soa assustada, ele não entende o porquê, está de volta à festa, aparentemente ileso e, seja lá o que for o tal de k-hole, não parece ter deixado sequelas.

– O que você acabou de ver. O sujeito deixa de perceber o que tá em volta e se vê num lugar completamente diferente.

Max dá mais um gole de vodca, antes de retomar o fio da história:

– Mas não era só o lugar que era diferente. Eu também era outro.

– Ih, baixou o Rimbaud – Rosa ri e pega o copo de volta.

– É sério! Eu era uns dez anos mais velho, tipo um matador profissional – volta-se para Rosa – e tinha te matado com um tiro.

Rosa lhe entrega um sorriso amarelo:

– Melhor você discutir essas fantasias homicidas com a tua analista.

א 8

Devem ser mesmo namorados, ou então ela está bêbada (o que Max, por sinal, também está), porque não opõe resistência quando ele a pega pelo braço e a leva para o corredor no fundo do apartamento, onde encontram um quarto com uma cama de casal, Rosa olha para Max e ri, ele também ri, não sabe do que ela está rindo mas ele está rindo porque está fora da casa. Os dois entram, Max fecha a porta, gira a chave e gira o corpo para contemplar o corpo de Rosa, ela não é uma loira de capa de revista, sua beleza é mais exótica, a pele branca seria cadavérica se não fosse pintalgada de sardas, suas formas não têm a esqualidez das modelos nem a opulência das mulheres reputadas como gostosas nem ficam em algum ponto intermediário, suas formas pertencem só a ela, são inclassificáveis e Max torce para que, se não forem namorados, que passem a ser depois de hoje, ela o atrai, ela usa um minivestido vermelho decotado, ela o puxa para si, ela deixa cair o vestido vermelho a seus pés, usa uma calcinha rosa, seus mamilos são róseos, ela toda é um trocadilho visual, até os pelos da boceta, que ela revela logo depois, são não tanto loiros quanto de um ruivo claro, esmaecido, um ruivo rosáceo que ele não recorda de ter visto em nenhuma outra mulher, o que não quer dizer grande coisa porque não consegue recordar com quantas mulheres esteve assim, corpo a corpo, não é possível que ela seja sua primeira namorada (se é que é sua namorada), mas nenhum outro nome, nenhum outro rosto lhe vêm à mente, é como se o seu desejo tivesse nascido com Rosa, como se ela tivesse mergulhado a mão em algum recôncavo profundo em Max e trazido seu desejo à tona, tomando-o entre seus dedos, moldando-o entre seus dedos, vendo-o crescer entre seus dedos, e então ela para, se desvencilha, recua dois passos e lhe examina intrigada o rosto.

– O que foi? – Max pergunta, não quer que ela pare, não agora, que algo profundamente adormecido dentro dele despertou e busca a concretização.

– Essa cicatriz – ela aponta o rosto de Max, – você não tinha ela antes.

Ele se olha no espelho do guarda-roupa, vê que ela tem razão quando diz que o lado direito de seu rosto está lanhado, mas não sabe se ela tem razão quando diz que o lanho não estava aí antes, tem a impressão que a cicatriz lhe assenta, ocupa um lugar que sempre lhe pertenceu, mesmo se for verdade que só agora ela tomou posse de seu quinhão sobre a pele de Max e, de qualquer forma, que importância tem isso num momento como esse?

– Eu devo ter cortado quando caí na mesinha do Alex.

Para ele basta como explicação, mas não para Rosa, que balança a cabeça, fazendo com que o loiro rosáceo dos cabelos trace pontos riscados na complexidade do ar.

– Não, tá com cara de coisa antiga.

Ela contempla a cicatriz longamente, como que hipnotizada, e então se aproxima, inclina o rosto para o rosto de Max, põe a língua para fora e lambe a marca vermelha, de baixo para cima, devagar, sente o relevo do tecido conjuntivo com a ponta da língua, devia ser uma coisa nojenta mas não é, é sensual, provoca arrepios que descem pelo corpo de Max em sentido inverso ao do movimento da língua de Rosa, os arrepios escorrem pelo pescoço, uma parte deles desliza pelas costas, outra parte segue pelo peito e as duas correntes se reúnem na base da virilha, alimentam a ereção de Max, ele a abraça, a cabeça vermelha do pênis se agitando num movimento autônomo, que busca a abertura rosa dos lábios de Rosa, ela se inclina para trás, sobre a cama, ele se inclina para a frente, sobre ela, sua atenção tomada tão inteiramente pela carne rosada de Rosa que ele deixa de notar a caveira de plástico que, pousada sobre o criado mudo, assiste à cena com um brilho zombeteiro em seus olhos vermelhos.

א9

Eles saem da festa de mãos dadas, a palma de Rosa fria feito mármore, os dedos duros que se fecham sobre as costas da mão de Max com uma firmeza que ninguém adivinharia em mão tão delicada, Max constata surpreso que Rosa tem dedos ossudos, constata surpreso que o apartamento de Alex fica em Botafogo, a placa na esquina indica que estão na rua Muniz Barreto, ele não entende como Alex pode morar em Botafogo e estudar na USP, tampouco entende como vai voltar para casa àquela hora da noite, tem quase certeza de que a casa dele fica na Zona Norte de São Paulo, em um bairro chamado Vila Nivi, mas logo se corrige, morou em Vila Nivi aos nove anos, na época em que ganhou o Falcon de presente, a quetamina embaralhou todas as suas memórias, em todo caso não mora no Rio de Janeiro, não mora em Botafogo, onde os dedos ossudos de Rosa apertam a mão fria de Max numa esquina da rua Muniz Barreto, o prédio de Alex tem um ar antigo, coisa da década de 70 do século passado, um ipê centenário no pátio da frente, o tronco da grossura de um elefante bêbado, os ramos nodosos como dedos ossudos, o edifício que ostenta a brancura de uma lápide, a palma da mão de Rosa ostenta a frieza de uma lápide, e ele percebe que ela tem motivos para apertar sua mão com tanta força, quatro ou cinco motivos que saem de uma viela escura e cortam a frente do casal, o motivo da frente é um negro parrudo, de olhos bulbosos e lábios grossos, camiseta velha, branca, com um ponto de umbanda riscado em vermelho. O rosto fechado numa carranca se abre num sorriso irônico ao deparar com Max.

– Qualé, Max, não cumprimenta mais os amigos?

Max para. Rosa também para. O outro faz um sinal para a malta que o acompanha esperar e se aproxima de Max.

– Quem é você? – diz Max. Rosa não diz nada. O negro diz:

– Ih, olha a do cara! Vai pagar uma de esquecido, é?

Os olhos de Max vagueiam do negro para os outros e de volta para o negro.

– Eu já vi vocês – percebe. – Mas foi numa alucinação.

O homem divide a Muniz Barreto em duas com sua risada, que ostenta a frieza de uma lápide. A risada funciona como um segundo sinal, que anula a ordem de esperar. Os outros se aproximam, cercam Max, dois deles o agarram pelos braços. O chefe, porque o negro de olhos bulbosos e lábios grossos só pode ser o chefe, aproxima a boca do ouvido de Max e fala, num sussurro, num cicio, uma brisa suave que sopra em seus tímpanos:

– Não dá uma de esperto que vai ser melhor pra ti.

Max para de se debater. Rosa, nesse meio tempo, não fez nada, permanece imóvel ao lado dele, a palma fria e os dedos ossudos já nem mais apertam sua mão.

– Tudo bem – diz – mas deixa a garota ir. Eu não sei o que é que tá pegando, mas ela não tem nada a ver com isso.

Os homens se entreolham, trocam um sorriso cúmplice, de quem está por dentro de um segredo que Max ignora. Rosa também sorri.

– Se eu fosse você, não me preocupava comigo, Max – diz, misteriosa.

– Como assim? – ele não entende – Por que não?

Rosa dá uma risada, um riso branco e frio, como uma lápide.

– Porque eu não tô aqui – ela fala, e enquanto ela fala, sua carne, sua carne tão sólida, se desvanece em orvalho.

– Vambora – diz Carangola, Max lembra de repente que o nome do cara é Carangola, mas não era uma alucinação? – O Tatá não gosta de ficar esperando.

Ainda aturdido com o desaparecimento súbito de Rosa, Max vê que o arrastam para a viela de onde saíram. Ele não faz ideia do que o aguarda uma vez chegado lá, assim como não faz ideia de como o bando saltou da alucinação para o que Max ainda imagina ser a realidade, mas tem poucos motivos para supor que vá gostar do que lhe reservam e, se lhe perguntassem, diria que é melhor tentar a sorte ali mesmo. Não lhe perguntam, ele não diz, nem mesmo pensa nisso, o safanão não é uma estratégia consciente, é uma reação instintiva que brota dos próprios músculos e surpreendentemente dá certo, Max se vê livre e correndo pela Muniz Barreto afora antes mesmo que Carangola caia em si, não que ele demore a cair, já está gritando ordens para os cupinchas antes que Max tenha dado meia dúzia de passos, sente a sombra dos homens se estendendo a suas costas, não para, antes aperta o passo, dobra a primeira esquina, o rabo do olho registra a placa, Marquês de Olinda, não é uma rua longa mas toda rua é longa quando não oferece refúgio, a Marquês de Olinda só tem prédios com grades altas e portaria e interfone, duvida que o deixem entrar se pedir socorro, ninguém vai querer se meter nos problemas dos outros, nenhuma transversal tampouco, só uma linha reta, com amplo espaço para que Carangola e seus capangas amestrados o alcancem, é um pesadelo, só pode ser pesadelo, de que outra forma Rosa poderia ter sumido em pleno ar, exceto que não parece pesadelo, tem tudo o que seus professores da FFLCH chamariam de *índices de realidade*, a tridimensionalidade da rua, o detalhismo, a resistência ingrata do asfalto sob o solado dos pés, o vento que esbate em seus cabelos, os ecos dos gritos e passos que se aproximam por trás, eles devem ter uma arma, não é possível que não tenham uma arma, a constatação o atinge de frente, uma porrada que quase interrompe sua fuga, o que teria sido fatal, consegue se controlar, acelera mais, esperando ouvir a qualquer momento o zunido do ar em seus ouvidos, o impacto da bala contra o crânio, o que ele sente em vez disso é uma coisa dura sob a axila direita, uma coisa incômoda que não estava ali antes, estende a mão esquerda para o braço direito, tenta apalpar o objeto sem diminuir o ritmo, é ele quem está com uma arma, uma pistola num coldre de couro, ou imitação de couro que seja, contanto que não seja uma imitação de pistola, a pistola ou imitação que não estava ali antes, pelo menos não está desarmado, não que ele saiba o que fazer com a pistola, nunca pegou numa arma, a não ser de brinquedo quando era criança, naquela época ainda se faziam revólveres de brinquedo, não havia o politicamente correto, e Max brincou muito de polícia e ladrão, mas duvida que as brincadeiras sirvam como treino para manejar um revólver de verdade e se limita a repetir o pensamento, pelo menos não está desarmado.

Vira outra esquina, é a esquina da Bambina, seu olho treinado de matador profissional anota a placa, sempre atento aos detalhes, o único detalhe que lhe escapa é o de que não é um matador profissional, foi um matador profissional na alucinação da quetamina, não aqui na esquina da Bambina, onde as imagens lhe vêm toldadas por uma névoa de adrenalina. A vantagem sobre Carangola diminui a olhos vistos, precisa sair da vista o mais rápido possível, o olhar febril percorre a rua e depara com a casa. Luzes apagadas, garagem vazia, um quintal coberto de poeira acumulada e folhas secas que se esparramam com a confiança de quem não espera ter que enfrentar a oposição de uma vassoura, testemunham que a casa está vazia. Se esconder atrás da aura de poeira e da mortalha de folhas secas da casa lhe parece a melhor coisa a fazer, a *única* coisa a fazer.

A janela cede com um estalido. Max afasta as lâminas de vidro para os lados e salta para dentro da sala. Aterrisa sobre uma mesinha de centro, que se espatifa com o impacto. Deitado no tapete, entre os restos mortais da mesinha, ele olha em volta, desorientado.

Tudo isto ele vê num relance: a estante de madeira escura, envernizada, encostada à parede, a TV flutuando na prateleira central como uma ilha cercada de bibelôs por todos os lados; os dois pilares de cedês ladeando o moderno aparelho de som na extremidade diametralmente oposta; a mesinha de centro, enfeitada com mais bibelôs; o sofá e as duas poltronas cor de caramelo; a porta que dá para a cozinha, a escada que leva para o andar superior; tudo isto ele vê num relance.

Da parte dos fundos da casa lhe chegam os latidos de um cão, ele não precisa ir lá conferir para saber que é um cão negro de olhos vermelhos, que vai se atirar sobre ele se tentar sair pelo quintal. Olha para a janela por onde acabou de entrar, por onde tem a impressão de que acabou de entrar e, como já esperava, ela está bloqueada por uma grade maciça de ferro.

Está de volta ao ponto de partida.

Ainda deitado no tapete, entre os restos mortais da mesinha, ouve o ruído de alguma coisa sendo introduzida por baixo da porta. Ele vira a cabeça, vê que é o envelope parado de Carangola. Sentindo o peso esmagador de uma fatalidade contra a qual é inútil se rebelar, Max levanta, apanha o envelope, abre. Os latidos negros do cão seguem preenchendo o plano de fundo. De dentro do envelope, Max tira a foto de sua suposta última vítima, da pessoa que Tatá o encarregou de apagar, e uma gargalhada sarcástica brota espontaneamente de sua garganta.

Na foto, Max e a mulher que agora ele sabe chamar-se Rosa olham para a câmera com um ar de apaixonados.

ℵ10

Ao estômago de Max pouco se lhe dá onde está, se preso na casa ou flanando pelas ruas de Botafogo, se é um jovem estudante de filosofia ou um matador profissional em vias de se aposentar, são questões da alçada do cérebro, a única preocupação do estômago é manter o cronograma, produzir sucos gástricos nos horários programados e receber uma quantidade adequada de matéria-prima para trabalhar em intervalos igualmente regulares. Se isso não acontece, o suco gástrico não utilizado e que não gosta de ficar ocioso se volta contra as paredes do estômago, e não é só a perspectiva de ser corroído vivo que o preocupa, é o efeito borboleta, por isso que se fala em borboletas no estômago, o caos que ali se instala espalha-se pelo resto do organismo em ondas concêntricas de desorganização. Quando o estômago falha, tudo o mais falha. Para prevenir resultados indesejáveis, assim que o suco gástrico começa a ser despejado, o estômago aciona um alarme, um ronco estridente, acompanhado pela sensação desagradável de um vazio na barriga, e Max não tem outra alternativa a não ser botar suas inquietações metafísicas temporariamente de lado e procurar a matéria-prima de que o estômago necessita para desempenhar adequadamente suas funções.

Max abre a geladeira e examina seu conteúdo, alguma coisa não perecível há de ter sobrado no congelador, a menos que a família fosse daquelas que faz questão de esvaziar a geladeira antes de partir para a tão-sonhada viagem de férias, mas por sorte não são, há embalagens congeladas de hamburger, X-burger e X-bacon, steak de frango, filé de frango a parmegiana, frango xadrez, lasanha de frango ao molho vegetal, lasanha à bolonhesa, lasanha verde à bolonhesa, penne à romanesca, estrogonofes vários, pizza de calabresa e de muzzarela, pizza de quatro queijos e pepperone, até feijoada congelada. Pelo menos de fome é que ele não vai morrer enquanto estiver ali. Decide-se por um yakissoba de carne e uma garrafa long-neck de cerveja, leva o yakissoba ao microondas e a cerveja à mesa, passa os doze minutos de espera até o prato ficar pronto vagueando pelo labirinto em sua cabeça, do qual é trazido de volta pelo apito do microondas, leva o yakissoba à mesa, para acompanhar a garrafa, que já está pela metade, vasculha a gaveta da pia atrás de talheres, prato não precisa, que ele gosta de comer na própria embalagem, volta com um garfo e uma faca, senta-se à mesa, diante do yakissoba fumegante e da cerveja meio-bebida, e põe-se a comer com gosto, não é a estranha situação em que se encontra que vai lhe tirar o apetite. Os ruídos de mastigação ecoam no interior da cavidade em seu crânio, ruídos sincopados, contínuos, ritmados, ruídos que, ele percebe no espaço entre duas garfadas, não estão de fato sincronizados com os movimentos de suas mandíbulas. Certo, no catálogo de coisas estranhas que já lhe aconteceram desde que pisou na casa, ruídos de mastigação dessincronizados não ocupam exatamente o topo da lista, mas não dá para negar que é intrigante. Ele escuta, o garfo imobilizado no ar, a meio caminho entre a embalagem e os lábios. Os ruídos, parece-lhe, vêm da geladeira. Max pousa o garfo na embalagem, limpa a boca na toalha de centro, a dona da casa vai ficar puta quando vir as manchas de molho, e se aproxima da fonte do ruído. Ele escuta, o corpo imobilizado no chão, a meio caminho entre a mesa e a geladeira. Os ruídos, está certo disso, vêm mesmo de lá. Deve ser problema do termostato ou defeito no motor do refrigerador, não importa que os barulhos pareçam tão orgânicos quanto os alarmes que o estômago de Max dispara assim que o suco gástrico começa a ser despejado. Mesmo assim, é com um movimento brusco que Max escancara a porta branca da geladeira.

E dá de cara com a sua própria cabeça.

A cabeça de Max, separada do corpo, repousa num prato no centro da prateleira mais alta, logo abaixo da porta do congelador. Como seria de esperar, ela mastiga ruidosamente. Ao ver-se descoberta, a cabeça encara Max e diz, falando de boca cheia:

– Um amor terrível pela guerra, não acha?

Ela abre a boca para falar e Max nota que o cabeça está mastigando não é yakissoba, são vermes vivos, ele bate a porta da geladeira com uma violência horrorizada, lança um olhar cheio de suspeita para a embalagem sobre a mesa e constata que o que tomara por fios de macarrão são vermes que se contorcem entre pedaços de carne e brotos de brócoli. Max tapa a boca com a mão numa reação instintiva e sai correndo atrás de um banheiro, acende a luz sem olhar para o interruptor e se precipita para a privada, onde vomita, torna a vomitar e vomita durante um longo tempo. Depois levanta, limpa a boca com as costas da mão, pelo menos disso a dona da casa não vai ter do que reclamar, e lança um olhar cheio de suspeita para o conteúdo da privada. Em vez dos vermes que esperava, o que ele vê é o vômito normal de alguém que acabou de comer yakissoba, uma massa visguenta de macarrão e carne, vegetais e suco gástrico. Max volta para a cozinha e para diante da porta da geladeira, hesitando entre abrir ou não abrir. Abre, não sem antes tornar a tirar a arma do coldre, pronto para disparar sobre a cabeça no prato. Não há cabeça no prato, o que ele tomara por sua cabeça é uma peça de pernil congelado e embalado que não coube no congelador, não sabe porque o guardaram, teria sido melhor jogar fora de uma vez, vai estragar antes que os moradores da casa voltem de onde quer que tenham ido passar suas tão sonhadas férias. Max reage aliviado, foi uma alucinação, mas o alívio dura pouco, já está de saco cheio de alucinações, olha para a arma na mão e lhe ocorre uma saída tão óbvia que se sente um imbecil por não ter pensado nela antes.

Cruza a sala em passos decididos, posta-se diante da porta, aponta o revólver para a maçaneta e aperta o gatilho, a maçaneta voa longe com o tiro e a porta se abre, Max se dá o direito de soprar o cano da arma como um cowboy, sai pela porta da frente e sem solução de continuidade se vê entrando pela porta dos fundos. Continua na casa, só que agora na cozinha. Olha para a trás, pela porta que acabou de cruzar, e vê o cão negro rosnando para ele do quintal, num tom que lhe soa mais como gozação do que ameaça.

– Vai se foder – ele diz para o cão, torna a atravessar a porta da cozinha, o animal não faz menção de se atirar sobre ele, sabe que é desnecessário porque Max não chega até o quintal, passa pela porta da cozinha e entra pela porta da sala. Desanimado, senta no sofá, onde a caveira de plástico permanece impassível com sua cara de paisagem risonha.

– "E então ele acordou, e descobriu que tudo não passava de um sonho..." – diz Max, pegando a caveira na palma da mão e contemplando-a como um Hamlet perdido num romance de Philip K. Dick.

– Tem que ser isso, não acha? Ou é um pesadelo ou é a porra do k-hole que ainda não acabou. – A caveira não responde e a Max parece que seus dentilhões ostentam nítidos sobretons céticos. Ele compreende as razões do ceticismo. – Pois é, eu também não me lembro de ter tomado quetamina nenhuma. – Levanta, intrigado, ainda com a caveira na palma da mão. – Pra falar a verdade, eu nunca vi aquelas pessoas na vida. A não ser esta guria – pega a foto que estava no envelope pardo – que eu lembro claramente de ter matado com um tiro.

Torna a sentar, tomado pela dúvida.

– Ou foi ela que me matou?

$\aleph_{11}$

O CANO DA ARMA SE *ergue por um impulso que parece nascido antes da própria pistola do que da mão que a empunha. Desbrava as trevas, rasga a escuridão. Aponta para o caminho que a bala deve seguir, a trajetória de um cometa em meio à noite sem estrelas. O cão recua. O dedo aperta o gatilho.*

A arma dispara.

Desce no quinto andar, a porta do 503 está fechada, tanto melhor. A caminho do apartamento, passa pela lixeira, onde se desfaz da agora inútil quentinha de alumínio na não menos inútil sacola branca e caminha sem pressa até o cinco-zero-três. Aperta a campainha, Rosa abre a porta ao primeiro toque, logo vê que não é a refeição que aguardava.

– Você não é do restaurante – ela diz.

– Quem me mandou aqui foi o Tatá – ele diz.

Ela não responde nem que sim, nem que não, em vez disso começa a falar com incontida histeria, diz pro Tatá que eu vou pagar logo, tô só esperando receber uns frilas aí que eu fiz, mas Tatá não quer esperar e, como Tatá não quer esperar, Max também não espera, empurra Rosa para dentro do apartamento, entra logo atrás dela e, devagar, tira o revólver do coldre sob a axila.

– Eu não vim aqui para cobrar – anuncia, e é pelo anúncio que ele se perde, dá o tempo que Rosa precisava para empurrá-lo, Max não chega a cair no chão, mas leva uma fração de segundo para recuperar o equilíbrio e é a fração de segundo de que ela precisava para sair corredor afora, ele sai atrás, tem gente que não facilita.

Pelo menos ela não grita e vai ver que um grito nem ajudaria em nada, deve ter um centro de umbanda nos arredores, nunca ouviu falar de centro de macumba no Leblon, mas deve ter, de onde mais viria a música alta de atabaques que ele ouve de repente e que encobriria os gritos de Rosa se Rosa gritasse? Max vê a porta que dá para a escada se fechando, a porta fica nos fundos do corredor, ao lado da lixeira onde ele se desfez da quentinha, que nem deve ter esfriado ainda, ele vai atrás dela, não da quentinha, mas de Rosa, será que ela teria fugido se ele tivesse conservado a sacola branca? Podia jurar que consegue sentir o cheiro da comida que Rosa pediu ao restaurante, o som dos atabaques o persegue escada abaixo, os degraus são largos e espaçados, o poço da escada é escuro, Max tropeça uma vez, escorrega outra, cambaleia uma terceira, e a cada vez leva uma fração de segundo para recuperar o equilíbrio, custava Rosa acender a luz ao fugir?

A perseguição continua rua adentro, não se parece em nada com uma rua do Leblon, é uma rua estreita e escura e suja, com os muros cobertos de pichações, nem o prédio é o mesmo, o edifício modernoso regrediu a uma forma decadente da década de quarenta, a fachada branca amarelou, não deve ter sequer um ar-condicionado para aliviar o calor do dia, se bem que não há mais calor nem dia, é uma noite preta, fechada, Max não pode ter se demorado tanto no apartamento de Rosa, mas o fato é que o Sol já se pôs e as pessoas saíram da rua, ninguém é tonto de ficar vagando a esmo numa vizinhança daquela, os únicos vultos visíveis são Rosa que corre e Max que corre atrás de Rosa, seus passos embalados pela trilha sonora de atabaques cuja fonte ele não consegue identificar, parecem vir de todos os lados ao mesmo tempo, como se cada casa escondesse um centro clandestino de macumba e nas noites de sexta-feira se entregasse despudorada a uma gira de esquerda. Rosa passa por uma caveira pichada no muro e é sob o olhar vazio da caveira que Max dá um pulo para a frente e agarra as pernas da fugitiva e os dois caem embolados no chão sob o olhar vazio da caveira e Max e Rosa se engalfinham, ele não consegue fazer mira, a puta não para de se debater, ele se pergunta por que não atirou antes, estava com o revólver na mão e tudo, é como se ele tivesse se esquecido de que estava armado e agora a puta não para de se debater e ele não consegue fazer mira, tem gente que não facilita, o som de tecido rasgando faz contraponto ao ponto dos atabaques, a blusa de Rosa se rasga, os peitos de Rosa entram na briga e Max nunca viu um par de peitos tão bonitos, leva uma fração de segundo para recuperar o equilíbrio, quer parar de lutar e pedir para que ela fique parada expondo os peitos, mas tem uma missão a cumprir, imobiliza os braços de Rosa com os joelhos, os mamilos selvagens de Rosa roçam o pinto de Max, ele ergue a arma, o olhar selvagem de Rosa rasga o peito de Max e a arma dispara sob o olhar vazio da caveira.

O som dos atabaques morre.

א 12

A cicatriz na minha face direita lateja. Algumas pessoas têm calos que doem quando vai chover, eu tenho uma cicatriz que lateja quando estou prestes a enfrentar algum perigo, um sinal tão confiável quanto um sistema de alarmes. O deserto se estende ao meu redor como um oceano de areia e, mesmo reduzida pelos implantes óticos, sua brancura ainda é o bastante para me ofuscar a vista. Não fosse pelos circuitos do traje homeostático, que mantêm a temperatura corporal estável, eu já teria fritado sob o calor inclemente de Alpha Draconis, para alegria de meus inimigos espalhados por toda a galáxia. Mas não é hoje que eles terão o que comemorar. O traje homeostático continua funcionando de maneira impecável, cortesia do Departamento de Tecnologia, e para lidar com outras ameaças, mais palpáveis que o calor do planeta Thuban, tenho minha sempre confiável pistola-LASER bem guardada no coldre da axila.

Na verdade, as temperaturas infernais de Thuban foram um dos motivos que levaram os piratas espaciais a escolherem o planeta como seu covil. Perto o suficiente dos mundos da Federação para permitir suas investidas corsárias mas, ao mesmo tempo, com um clima tão devastador que desencoraja um programa extensivo de colonização e mesmo visitantes ocasionais, Thuban é o esconderijo perfeito para eles. Durante anos, suas espaçonaves negras, ostentando a temível caveira branca pintada na fuselagem, espalharam o terror pelas rotas galáticas, sob a liderança implacável de Sandokan, também conhecido como o Tigre de Mompracem, um pequeno e obscuro planeta em órbita de Alpha Ceti, onde o futuro maior pirata de todos os tempos nasceu. O local de nascimento é praticamente tudo o que se sabe sobre ele. Nem seu verdadeiro nome é conhecido. E algumas informações lamentavelmente desencontradas, extraídas de prisioneiros que foram executados à distância por métodos desconhecidos antes que pudessem falar mais, sugerem que até mesmo isso pode ser falso. Escondidos sob a capa da nossa ignorância, Sandokan e seus piratas prosperaram até que, finalmente, a Polícia Interplanetária resolveu tomar providências e enviar seu melhor agente para por um fim a seu reinado de banditismo. E não há motivos para falsa modéstia aqui, o melhor agente da Polícia Interplanetária sou eu.

Pelo menos, sou o melhor agente que sobrou depois que todos os outros agentes foram eliminados um a um pelos sequazes de Sandokan.

Após pousar minha nave atrás de dunas grandes o suficiente para ocultá-la de olhares curiosos, percorri o deserto a pé, procurando por pistas que me indicassem a localização da fortaleza de Sandokan. Estou em contato permanente com a inteligência artificial da nave por meio do chip implantado em meu córtex cerebral. Graças ao chip, o computador pode analisar em tempo real as informações que meus sensores captam e guiar meus passos para as zonas que têm maior probabilidade de abrigar o covil dos piratas.

De acordo com o computador, o local é aqui.

Olho em volta e só vejo dunas e mais dunas a perder de vista. Pergunto ao computador se ele não pode ter se enganado e, com a arrogância típica das inteligências artificiais, ele me responde que nunca se engana. Os sensores indicam que o terreno sob os meus pés é oco. A fortaleza de Sandokan é uma instalação subterrânea. Peço para o computador estabelecer um link com a sede da Polícia Interplanetária, para atualizar meu chefe, o Comandante Órion, sobre o meu progresso até aqui. A sede da Polícia Interplanetária fica num edifício neogótico na capital da Federação, situada no quarto planeta de Fomalhaut. Chego a sentir inveja do meu chefe, confortavelmente instalado num escritório refrigerado, servido por uma equipe de robôs e androides, enquanto eu torro os miolos no deserto de Thuban.

– Se o computador da nave estiver certo, senhor, a fortaleza do inimigo fica bem aqui onde eu estou – digo, assim que o rosto familiar do Comandante Órion é projetada no meu nervo ótico. – Vou entrar para averiguar.

– Bom trabalho, Falcon! – cumprimenta o Comandante Órion, num tom que me faz pensar que haverá uma medalha à minha espera quando eu voltar. – E você já tem alguma pista sobre a identidade secreta do nosso inimigo?

O olhar de Max pousa casualmente em um objeto na calçada, junto ao poste, e seu rosto se abre num sorriso.

– Sim, senhor – responde, dublando o boneco. – Acho que já sei quem é o inimigo.

Está na rua com o Falcon que ganhou de aniversário, a vizinhança é tranquila e a mãe não viu nenhum problema em deixá-lo sair com o brinquedo, não tem perigo de algum marmanjo lhe roubar o presente, e Max foi, feliz da vida. Ao pisar na calçada, o Falcon era um astronauta, um explorador espacial que saiu explorando o espaço da rua, mas antes mesmo de chegar em frente à casa do vizinho, que era amigo de Max mas ia morrer de inveja, a brincadeira já tinha tomado um novo rumo, o astronauta Falcon foi promovido a agente interplanetário, incumbido da difícil tarefa de encontrar e exterminar os piratas de Sandokan, e então as casas desaparecem dos olhos de Max e a rua se converte num planeta desértico, e ele tem uma espaçonave e um implante ótico que só a sua imaginação enxerga, bem como uma pistola de plástico em miniatura que todos podem enxergar porque veio com o boneco, junto com o capacete branco de visor verde e o macacão azul. Mas Max não se contenta com isso e transforma o macacão azul num traje homeostático, igual ao que tinha num romance de ficção científica que ele achou na biblioteca da escola, e a profª Isabel não gostou quando ele chegou na classe com o romance, disse que era uma porcaria, que afastava a cabeça das pessoas da realidade e que ia falar com a mãe de Max para proibi-lo de ler essas coisas, que ele devia ler *O Guarani*, que era uma história bonita com índios e portugueses, ele já tinha tentado ler *O Guarani* e achou muito chato, mas era um menino educado e não respondeu. A profª Isabel não deve ter chegado a falar com a mãe de Max ou, se falou, a mãe de Max não deu trela, porque viu o filho chegar da escola com o livro embaixo do braço e não proibiu ele de ler, ainda bem. O herói do livro tinha um traje homeostático, Max pensou que era um nome bonito e, quando ganhou o Falcon de presente, decidiu que ele ia ter um traje homeostático igualzinho ao do herói do livro.

A nave de Falcon, o agente interplanetário, pousou numa duna que, na imaginação de Max, fica no mesmo lugar que o portão da casa, e os quilômetros de deserto que ele percorreu ocupam uma distância menor do que a que vai da casa de Max até a esquina de baixo. Era lá que ele estava quando o Capitão Órion perguntou a Falcon se ele já sabia quem era o inimigo e foi nesse momento que Max viu o objeto e soube na hora que precisava incorporá-lo à aventura, nunca tinha visto nada parecido, chegava quase a ser mais impressionante do que o Falcon que ganhou de aniversário, e olha que ele passou anos sonhando em ganhar o Falcon.

Max olha para o objeto e o objeto olha de volta para Max, o objeto está no chão, junto ao poste da esquina, diante de uma terrina de barro com farofa amarela e uma galinha morta, a terrina cercada por velas vermelhas e pretas, o objeto é de cera como as velas, mas não é uma vela, é Sandokan, o Tigre de Mompracen, e Sandokan é uma caveira, uma caveira negra, uma caveira grande, apavorante e bela, que reflete o olhar de Max com suas órbitas vazias.

Max apanha a caveira e volta entusiasmado para casa, a mãe varre o quintal da frente com uma vassoura de piaçava, vê o menino entrar e diz que já ia chamá-lo, está na hora de entrar para tomar banho, nota o boneco na mão direita e a caveira na mão esquerda e se espanta e pergunta:

– O que é isso na tua mão?

– Não é legal? Achei na rua?

E ergue a caveira, orgulhoso da descoberta, a mãe de Max não fica orgulhosa, a mãe de Max fica branca e dá um berro e larga a vassoura e entra correndo para dentro da casa. Max não entende por que ela fez isso e entra atrás, chamando a mãe e perguntando o que foi e querendo saber por que ela ficou desse jeito. Ela sobe as escadas e para no corredor e volta-se para Max e está furiosa.

– Joga isso fora, moleque! Joga fora!

A porta do quarto de casal se abre e o pai de Max sai, estremunhado, ele trabalha à noite, dorme de dia, como um morcego, e não gosta de ser acordado no meio da tarde.

– Gente, que gritaria é essa? Não tão vendo que eu tô dormindo?

– É o teu filho, trouxe macumba pra casa!

Max arregala o olho, só agora é que a ficha cai, então era por isso que a terrina e a farofa e as velas e a galinha, a caveira de repente parece queimar em suas mãos, ele tem vontade de soltar, atirar longe, jogar fora como a mãe mandou, mas fica com medo de ofender ainda mais a caveira, que já não deve estar feliz por ter sido tirada do seu lugar de repouso, pra não falar que Max pretendia fazer dela um pirata espacial, se bem que não era um pirata espacial qualquer, era Sandokan, o Tigre de Mompracem, o maior pirata de todos os tempos.

– Vamos ter que exorcizar isso – diz o pai de Max e pega a caveira das mãos do menino e deposita a caveira com cuidado no chão do corredor, e Max nunca viu o pai com um ar tão sério.

Sem tirar os olhos dos olhos da caveira, como se tivesse medo que ela fosse saltar e mordê-lo e dilacerar seu pescoço com os dentes de cera, o pai de Max faz sinal para que a mulher e o filho se afastem e, sempre sério, começa a tirar a roupa no meio do corredor.

ℵ13

Este Max que se senta no sofá da sala tem pelo menos três vezes mais do que dez anos, mas também segura uma caveira na palma da mão esquerda. A caveira que este Max segura, porém, não é uma caveira de cera negra, é uma caveira de plástico branco e seus olhos, longe de serem vazios, estão repletos de uma chama rubra que não é menos chamejante por provir de um par de lâmpadas, ou antes, leds, acrônimo para *light-emitting diode*, uma fonte luminosa de origem eletrônica inventada pelo técnico de rádio Oleg Vladimirovich Losev na Rússia em 1927 e que emite fótons quando uma corrente elétrica passa do ânodo para o cátodo, conhecimento adquirido por Max não se sabe onde, uma vez que matadores não têm aulas de física nem frequentam cursos de eletrônica. Às vezes ele tem essa impressão, a de que é um outro, mas nunca tantas vezes como desde que entrou naquela casa, a fugir, imagina-se, dos capangas de Carangola, que não são, ou são, os sequazes de Sandokan, o Tigre de Mompracem. Lá fora, o cachorro late. A caveira de plástico branco na palma da mão esquerda de Max escuta em silêncio.

– Pelo jeito, somos só eu e você por aqui.

Lá fora, o cachorro late.

– Quer dizer, sem contar a besta fera no quintal, que não me pareceu muito sociável...

A caveira na palma da mão de Max escuta em silêncio.

– Então, já que só podemos contar um com o outro como companhia, você precisa de um nome, certo?

O cachorro late.

– Que tal Wilson?

A caveira escuta em silêncio.

– É, também acho. Wilson é nome de bola de basquete.

A caveira escuta em silêncio.

– Ah, você *já tem* um nome? Melhor ainda, colega! E qual é o seu nome?

O cachorro late.

– Muito prazer, João Caveira! Eu sou o Max. Acho.

A caveira escuta.

– Não se preocupe com isso, faz de conta que nós apertamos as mãos.

O cachorro escuta.

– Até porque, se você não tem mais braços, a culpa é toda minha.

A caveira late.

– Não leva a mal, eu ainda não te conhecia direito.

O cachorro, a caveira.

– Pois é, pode ser o início de uma bela amizade.

A caveira escuta em silêncio.

– Que tal uma cerveja para celebrar?

Lá fora, o cachorro late.

O pai de Max está sentado sobre a caveira como se fosse um penico, os olhos fechados, a expressão compenetrada. Max tem medo, aperta a mão da mãe, ela devolve o gesto, também está com medo. O pai abre os olhos, a concentração se esvai numa fumacinha de desânimo.

– Não está funcionando.

– Tem certeza? – a voz da mãe é aguda e perfura o ar como a ponta de uma agulha.

– Absoluta. Por estas alturas, a caveira já deveria estar diminuindo.

Max não diz nada. A mãe o abraça por trás, angustiada.

– E agora, o que a gente faz?

O pai pensa.

– Vamos ter que chamar reforços.

Levanta da caveira, leva os dedos a boca e assobia. A porta do quarto de casal se abre, de dentro do quarto de casal sai um casal, é um casal de índios, os dois estão nus, a não ser pelas penas e pinturas corporais. As penas são coloridas, as pinturas são brancas, o homem usa um cocar de penas coloridas, a mulher tem o peito pintado de branco, faixas brancas, penas vermelhas, o pinto do homem balança ereto no corredor, é igual ao pinto do Max, só que bem maior e cercado de pelos pretos, Max nunca viu uma mulher nua e a faixa preta de pelos no vão entre as pernas o espanta, mas não espanta tanto quanto a aparição de um casal de índios saindo do quarto de casal.

– E é essa a história – Max diz e arremata a frase com um gole de cerveja. – Não sei se eu sou um matador aposentado que sonhou que era um adolescente drogado ou um adolescente drogado sonhando que é um matador aposentado. Me sinto como a borboleta de Chuang-Tzu.

Sentado no tampo da mesa, ainda que sentado não seja a melhor maneira de descrever a posição de uma cabeça desprovida de corpo, João Caveira ouve o relato sem emitir opinião. O silêncio da caveira causa a Max tamanho espanto que ele precisa pousar o casco sobre a mesa, segurar o queixo e a garrafa ao mesmo tempo é mais esforço do que está disposto a conceder ao momento:

– Me admira muito um crânio que nem você não saber quem é Chuang-Tzu. Até eu sei quem é Chuang-Tzu.

E como o momento requer uma pausa dramática e essa é uma concessão que ele não se importa de fazer pelo bem da cena, é só no final do parágrafo que Max arremata:

– Só não sei muito bem quem sou eu.

No ato se arrepende, primeiro porque já disse isso e a repetição arruína a *punch line*, e segundo porque um fiadaputa oportunista tenta lhe roubar a cena, se aproveita da pausa para provocar um ruído no andar de cima e se tem uma coisa que Max não precisa nesta casa estranha é um ruído no andar de cima, inda mais um ruído que soa como um índio sussurrando *acanga tatá*. Max garra na arma e vai investigar, sem parar para refletir que a estranheza maior do ruído é que, sentado na cozinha do andar de baixo, ele tenha conseguido ouvir uma palavra sussurrada no andar de cima.

א 14

De mãos dadas, o casal índio se aproxima da caveira de cera no chão do corredor, o pai de Max se afasta para lhes dar passagem, a mãe de Max aperta as mãos sobre os ombros do filho e Max olha a boceta da índia, ele sabe que chama boceta, claro, mas ainda tem alguma dificuldade para ligar o nome à pessoa, e também tem consciência de que em algum lugar no meio daquela pelagem preta existe um buraco onde o índio, supondo que os dois sejam marido e mulher, enfia o pinto grosso dele para fazer indiozinhos, não faz muito tempo que Max aprendeu isso pela boca de um colega de escola que lhe disse que se saísse um liquidinho branco do pau do homem queria dizer que a mulher ia ter filho, na hora a ideia causou espanto e uma certa repugnância, agora não, diante da vista da xoxota da índia, porque Max sabe que as bocetas também são chamadas de xoxota, o que ele sente é uma cosquinha pasmada, misturada com outra coisa que ele ainda não sabe chamar de desejo, desejo pra ele era a vontade obsessiva de ganhar um Falcon, por exemplo, ou então a necessidade que a tia grávida teve de comer sorvete de morango com tempero de miojo, a mãe falou que a tia *estava com desejo*, e nem a vontade de ganhar um Falcon, que Max acha perfeitamente normal, nem a necessidade da tia de comer sorvete de morango com tempero de miojo, que Max acha perfeitamente anormal, guardam qualquer semelhança com aquela sensação que titila abaixo do umbigo e acima das pernas, e que morre um pouco quando Max lembra que a mãe deve ter uma boceta igual à da índia, que o pai deve ter preenchido com seu pau igual ao do índo e que foi como resultado daquilo que Max nasceu, um pensamento que o perturba e faz com que ele não perca muito tempo se concentrando na caveira de cera para a qual a atenção de todos os outros parece voltada com uma vontade obsessiva.

Acanga tatá, sussurra a índia e aponta para a caveira, o índio faz que sim com a cabeça, aponta para a caveira e sussurra, *anhangá acanga tatá*, depois aponta o dedo para a mãe de Max e diz *kunhãmendasara a'obe'yma*, depois aponta o dedo para Max e diz *kurumi a'obe'yma*, Max e a mãe se entreolham sem entender o que ele está falando e o índio acrescenta mais ênfase à receita, *pe'en a'obe'yma*, e arrematando com um ponto de exclamação, *a'obe'yma!*, que flutua sobre a incompreensão de mãe e filho, o que leva a índia a se aproximar de Max e sacudir a manga da camisa do menino, mas o que Max vê é a boceta da índia se aproximar, a boceta sacode a manga da sua camisa e é a boceta que exclama, imperativa, hierática, *a'obok!*.

– Acho – intervém o pai – que eles querem que vocês também tirem a roupa.

A mãe de Max se fecha como uma ostra escandalizada, recua para o vão da escada e quase grita:

– Eu é que não vou ficar pelada na frente do meu filho!

O pai de Max constrói uma expressão firme feito um muro de arrimo, uma expressão que diz que ela vai fazer o que for preciso para afastar essa coisa má que o menino trouxe da rua, a mãe de Max suspira, resignada, e se põe a tirar a roupa, Max encara a nudez da mãe com temor e tremor, temor e tremor e surpresa, porque percebe que a cosquinha pasmada volta quando a boceta da mãe aparece, ela sente o pasmo, adivinha a cosquinha e fecha a cara, Max disfarça, abaixa a cabeça e se despe, sob a vigilância atenta do pai e do casal de índios, até que todos estejam pelados no corredor da casa, todos exceto a caveira, que continua vestida com o manto de seu mistério.

Max galga os degraus e sente o peso da arma na mão esquerda e se pergunta o que vai fazer, atirar no índio? Nem sequer pode jurar que é mesmo um índio, que porra um índio estaria fazendo ali, mas que as palavras que ele ouviu soavam como língua de índio, isso ele pode jurar, ainda mais quando a voz se repete, outras palavras, a mesma linguagem, o tom também é outro, mais para ordem do que para sussurro, *a'obe'yma!*, e pode até ser que acabe nem atirando, mas está feliz por ter uma arma na mão esquerda.

Não sabe se aperta o passo ou diminui, levado por essa indecisão ele chega ao topo da escada e não vê que em frente à porta do banheiro há uma índia e Max menino e o pai de Max e a mãe de Max, todos de mãos dadas em volta de um índio que agacha junto a uma caveira de cera e canta e agita um par de maracas com toscos rostos pintados, Max não vê nada disso, como não vê que é dia claro na área ocupada pela roda, e somente na área ocupada pela roda, o resto do corredor, o resto da casa mergulhados na mesma noite interminável que aprisiona Max, ele não vê as pessoas e não ouve a cantoria do índio, que se ele ouvisse soaria como *ar îekuab anhangá acanga tatá, moreîekuab anhangá acanga tatá, îepirapûan max anhangá acanga tatá*, o que ele ouve é o ranger das molas do colchão no quarto do casal, segue em direção à porta e atravessa o grupo, sem que um dê pelo outro, estende a mão para a maçaneta, segura, gira, abre a porta, *ar îekuab anhangá acanga tatá*, Max entra no quarto e percebe que tem alguém deitado na cama, é um homem deitado de través sobre a colcha magenta amarfanhada, os caules verdes das flores amassados pela pressão de seu corpo inconsciente, uma fotografia caída ao seu lado, sem saber o que fazer ou como voltar para o porta-retratos caído no carpete, tendo como única companhia uma arma igualmente perplexa, não diferente da arma que Max carrega. Ele se aproxima da cama sorrateiro, ondas de *déja vu* ricocheteiam pelo seu peito, descem pelos braços e põe as pernas em estado de alerta, ele sabe quem é o homem antes de enxergar o seu rosto, uma confirmação desnecessária, inútil e perigosa, perigosa porque, ao se acercar da cama, o pé de Max pisa os cacos de vidro do porta-retratos quebrado, o outro Max se remexe na cama, este Max se lembra do que vem depois, ele vai acordar tomado por um pânico animal, *moreîekuab anhangá acanga tatá,* e se este Max não se cuidar, aquele Max vai lhe dar um tiro antes mesmo de perceber o que está acontecendo, se bem que este Max também não sabe o que está acontecendo, *îepirapûan max anhangá acanga tatá*, sabe apenas que não quer levar um tiro instintivo e é por isso que ele recua depressa, antes que o outro Max desperte e arregale os olhos e olhe para a porta a tempo de apenas ver uma sombra que escapole pelo vão.

א 15

A PORTA SE FECHA, MAX passa o trinco, aquilo não está certo, não se lembra de seu perseguido ter fechado a porta quando era ele próprio quem estava na pele do perseguidor, mas basta-lhe encostar as costas na porta e voltar-se para localizar o ponto de divergência. Não está no mesmo quarto, não no quarto de menino onde reencontrou o Falcon da infância e de onde se atirou pela janela para despencar no apartamento de Alex. Nem se dá ao trabalho de interrogar o sentido daquilo, o fato é que o Max de antes e o Max de agora entraram em quartos diferentes, ele está no quarto de menina que viu na primeira vez em que subiu ao segundo andar, o quarto com duas Barbies e uma Suzie, o elefante verde sorridente e o panda tristonho, gatos brancos e cachorros vermelhos, o bebê mijão ao qual falta um olho de plástico e a boneca que sempre diz mamãe, e desta vez a dona do quarto está lá, uma menina de onze ou doze anos, cabelos loiros caídos sobre o peito em formação, tão parecida com a garota que foi ou não contratado para matar e que era ou não sua namorada que poderia ser a filha de Rosa ou Rosa quando filha. Ela senta na beira da cama calma, um adulto armado invadiu o seu quarto e isso não lhe dá medo, em vez disso é Max que se arrepia quando ela deposita sobre ele seus olhos tranquilos e diz:

– Boa noite, moço. O senhor veio me matar?

– Não – ele grunhe, preocupado, não vá o outro Max descobrir que entrou no quarto errado. – Fica quieta!

Ela não fica quieta, crianças nunca ficam quietas.

– O senhor tá fugindo de alguém?

– Tô, tô fugindo de mim, agora pelamor de Deus não faz barulho!

– Me conta uma história?

Max sente uma vontade súbita de arrancar os cabelos, sempre achou que fosse uma figura de retórica, mas ali está ele, um sentimento de exasperação que o faz querer arrancar os cabelos.

– Não tenho tempo!

Ela faz bico, Max não suporta criança que faz bico.

– Por favor?

Ele vai até a cama, o dedo na boca em sinal de silêncio, um gesto tão antigo e universal que poderia remontar até os egípcios.

– Se eu contar, você promete ficar em silêncio?

A miniatura de Rosa balança a cabeça para cima e para baixo, com a seriedade absoluta de que apenas as crianças parecem ser capazes. Max senta na beira da cama, pensa em qual história poderia contar, uma que não seja muito longa nem tão complexa que desvie sua atenção das coisas realmente importantes, como vigiar a porta e se perguntar o que foi feito do índio cuja voz ouviu.

– Tô esperando – a menina cobra, impaciente, um pouco mais alto do que Max gostaria, alto o bastante para ser ouvido do lado de lá da porta.

– Psiu! – ele implora. – Você prometeu ficar quietinha!

Súbito, é como se a história entrasse voando pela janela, flanando as asas, e é a única história que ele poderia contar porque ele é aquela história.

– Era uma vez um sábio que sonhou que era uma borboleta. E quando ele acordou...

A menina levanta da cama e se ajoelha aos pés de Max.

– O que você tá fazendo?

Ela imita o gesto egípcio de Max, leva o dedo à boca e diz:

– Psiu! Continua a história!

Mas não há jeito maneira de Max continuar a história, não quando a menina lhe desabotoa o cinto e abre o zíper da calça, estica a cabeça para a frente e abocanha o pau de Max, não quando seu pau responde à sensação quente e úmida dos lábios da garota e endurece e acolhe a sensação da língua de menina lambendo sua glande, e ele empurra a cabeça dela para trás e a manda parar com isso, ela para, contudo é só pelo tempo suficiente para encará-lo, sorrir e dizer que se ele não deixar, ela vai começar a gritar, e então Max deixa e ela chupa o seu pau e ele diz a si mesmo que a sensação é enojante, ela é só uma menina, isso não está certo, ele não é a porra de um pedófilo, só não se desvencilha porque não quer que ela chame a atenção do outro Max, do índio invisível e de quem mais dividir o espaço da casa com eles, e ele está mentindo e sabe que está mentindo, a sensação não tem nada de enojante, é quente e úmida, e ele fecha os olhos para não ver, para não pensar, sente uma cosquinha pasmada entre o umbigo e as pernas, bem ali onde a língua da menina lambe a sua glande, ele sente o pau desaparecer com cacófato e tudo na boca dela, a cabeça deve quase tocar a úvula e ele goza de olhos fechados e ele urra de olhos fechados e ele ouve de olhos fechados uma voz que não é de menina:

– Sabia que você ia gostar.

Max abre os olhos e fica aliviado ao ver que não é uma menina de onze ou doze anos que está ajoelhada diante dele, é a Rosa adulta, a Rosa que ele pode ou não ter sido contratado para matar e que pode ou não ser sua namorada e que acabou de lhe pagar um boquete, não no quarto dos fundos da casa, mas na sala do apartamento de Alex, os dois cercados pelos outros convidados que riem, viram a cara chocados ou apenas ignoram o casal que proporcionou um número de sexo explícito no meio da festa.

א 16

Max não pisca os olhos desorientado, não é um personagem de romance, nem de filme, nem de desenho animado, também não arregala os olhos nem fica boquiaberto, suas reações são internas, o que ele fica é entupigaitado, o fantasma pré-consciente de uma borboleta chinesa, de uma borboleta chinesa filósofa, uma revoada de borboletas chinesas filósofas que batem as asas em seu estômago, Rosa nua, ajoelhada sobre o tapete felpudo da sala, da mesma cor de gelo que se espalha pelas vértebras de Max, Alex se aproxima com um sorriso sacana, dá-lhe um tapinha nas costas, dá-lhe Max!, e as borboletas ameaçam levantar um voo pânico.

– Não – Max geme, a voz com dificuldades para abrir passagem em meio a tantas asas agitadas que atravancam o caminho entre o esôfago e a traqueia. – Para!

Ele empurra a cabeça de Rosa para trás, ouve o comentário de um dos figurantes da festa, como é que o Alex deixa uma coisa dessas, ouve a resposta de outro figurante da festa, e você acha que o Alex vai ligar pra isso, Rosa levanta, totalmente nua, indiferente aos olhares que escorrem por suas costas e babam em sua bunda, e se inclina sobre Max grudado no sofá.

– O que foi? – ela pergunta. – Não quer mais? Eu não te dou mais prazer?

E com o movimento de Rosa para frente, a voz de Max finalmente consegue se libertar das borboletas e Max grita, o lado direito do corpo de Rosa é o de uma mulher gostosa, com um olho azul brilhante e um seio que poderia ter sido esculpido pelo melhor cirurgião plástico do mundo, um mamilo pontudo que intima uma resposta, a curva pronunciada do quadril e a coxa carnuda, e tudo isso ele acharia excitante, não fosse o lado esquerdo do corpo de Rosa um esqueleto descarnado, a órbita vazia de uma caveira e os ossos da costela e os ossos do braço e a bacia e os ossos da perna, é um esqueleto que se inclina sobre Max grudado no sofá e é por isso que Max grita, um grito agudo de criança apanhada nas manoplas de um pesadelo, o grito perfura o ar da sala, liquefaz os figurantes da festa, apaga Alex da existência e dissolve o apartamento numa poça líquida de medo que torna a se coagular e torna a ser o quarto da casa onde uma menina começou o boquete que Rosa terminou.

Max pisca e arregala os olhos, desorientado.

Rosa continua lá, de pé, o torso inclinado para a frente, na mesma posição em que estava na sala, com o mesmo brilho de moleca safada nos olhos azuis, que agora são dois, a pele rosada e o estofo de carne que se adivinha por baixo recobrem inteiramente ambas as metades do corpo, ela não é mais um semi-esqueleto, é apenas uma mulher gostosa que acabou de pagar um boquete para o homem que talvez seja seu namorado e talvez não seja.

Max fica boquiaberto.

– Você não sumiu.

– Não – ela responde com uma simplicidade fingida, coquete, como se explicações adicionais fossem desnecessárias.

Para Max, porém, explicações adicionais são mais do que necessárias, ele já está até a tampa com o caralho da casa e seus mistérios de merda, não consegue sair, não consegue entender, não consegue porra nenhuma. Levanta e se aproxima de Rosa, a calça frouxa com o zíper aberto e o cinto que pende solto nas laterais.

– Você é real? Ou é mais uma alucinação?

– Quer me tocar pra ver?

– Já toquei antes e isso não te impediu de desaparecer. *Se eu fosse você, não me preocuparia comigo, Max? Ah é, e por quê? Porque eu não tô aqui...*

Rosa ri, uma risada que é como uma cascata cristalina rumorejando por entre as pedras de uma encosta. Max não gosta da risada.

– Tá achando engraçado?

– Muito.

– E isto? Você acha engraçado? – Max agarra Rosa pelos cabelos, tira a arma do coldre sob a axila e aponta na cara dela, a ameaça do gesto um tanto quanto arrefecida pelo pingolim balançando mole por cima da cueca arriada. Rosa se desvencilha com facilidade e é novamente uma menina de dez, onze anos, que embrulha o olhar numa aura de inocência e o estende na direção de Max.

– Você atiraria numa criança?

– Não. Mas você não é uma criança.

Rosa dá de ombros e, enquanto dá de ombros, sua estatura aumenta, seu corpo se avoluma e ela volta a ser adulta.

– O que eu sou, então?

– Não sei. Mas você vai me dizer, se não quiser que eu te estoure os miolos!

– Uau! Temos um *macho man* aqui! – ela ergue a mão esquerda e dá um tapinha leve, carinhoso, na bochecha de Max. – Não vá perder a cabeça, Max. – Rosa ri. – Neste mundo, a gente tem que manter a cabeça fria...

– Eu preciso de respostas! – Max percebe, surpreso, que sua raiva não é raiva, mas uma vontade abissal de chorar.

– Pra quê? Você nem sabe quais são as perguntas.

Rosa lhe dá as costas, vai para a porta, ele aponta o revólver para as costas que Rosa lhe dá e não lhe ocorre nada melhor para dizer senão:

– Para, senão eu atiro!

A risada rumorejante volta a cascatear pelas pedras, mas Rosa não se dá ao trabalho de encarar Max.

– Eu sempre achei que crianças deviam ser proibidas de ver filme policial. Elas só aprendem as frases erradas.

O cano da arma se ergue por um impulso que parece nascido antes da própria pistola do que da mão que a empunha. Desbrava as trevas, rasga a escuridão. Aponta para o caminho que a bala deve seguir, a trajetória de um cometa em meio à noite sem estrelas. O cão recua. O dedo aperta o gatilho.

A arma dispara.

Rosa sai e Max toma consciência de que há já algum tempo vem ouvindo ao fundo um som de atabaques.

ℵ 17

MAX TOMA CONSCIÊNCIA DE QUE há já algum tempo vem ouvindo ao fundo um som de atabaques. Estava no quarto? Não está mais no quarto. Ele se vê numa caverna, um calabouço subterrâneo que poderia ser o porão da casa, as paredes cavadas na própria rocha, uma rocha dura e porosa e vermelha, um espaço amplo, uterino, iluminado por tochas medievalescas que pendem de suportes de ferro negro nas paredes e lançam sombras ominosas pelo arredor, não dá para ver quais são os objetos que as sombras sombreiam, elas ora parecem borboletas batendo as asas em pânico, ora são como o vulto de demônios com as asas desfraldadas, é, pode ser essa a explicação que Max queria e que cobrou de Rosa na ponta de um revólver que Rosa ignorou solenemente, Max morreu quando entrou na casa ou nem chegou a entrar na casa, os homens de Tatá, liderados por Carangola, o encurralaram ali mesmo na rua e o abateram a tiros e ele está no inferno, atormentado por demônios, para onde mais um matador profissional iria ao morrer?

Max encontra-se acorrentado a uma das paredes, impossível dizer qual, a caverna é redonda e as paredes fundem-se imperceptivelmente umas as outras. Seus braços, erguidos, abertos, estão presos por algemas do mesmo ferro negro que forneceu o suporte das tochas e do qual também foram feitas as argolas que lhe prendem as pernas pela canela. Os pulsos formigam com uma sensação elétrica de adormecimento, sinal de que já está ali, imobilizado nessa posição, há muito tempo, o que só contribui para dar mais peso à hipótese do inferno, de que Rosa e Alex e a casa e a festa e tudo o mais e o cão negro não passam de visões induzidas pelos vapores pestilentos, não tarda muito e aparece um diabinho com um forcado para lhe espicaçar os fundilhos, mas quem aparece não tarda muito não traz um forcado nas mãos, não tem chifres, não tem rabo em ponta de flecha e nem é um diabo, a não ser que Carangola seja um diabo.

Carangola ignora Max, passa direto por ele, vai para o centro da caverna, onde um caldeirão tampado repousa sobre um forno rústico, o forno está aceso e suas chamas lançam centelhas avermelhadas que dançam uma dança de acasalamento com a luz emitida pelas tochas, e quem conseguiria imaginar o que seria o filho do fogo com a chama? Não Max, cujos sentidos estão inteiramente tomados pela dormência nos pulsos e nas canelas, tropas de formigas invisíveis que lhe percorrem os membros e lhe mordiscam a pele.

Carangola tira a tampa do caldeirão, tem alguma coisa fervendo lá dentro na água, ele produz uma colher de pau, remexe um pouco o líquido, examina com a expressão compenetrada de um *chef* internacionalmente famoso, leva a colher à boca e prova, faz uma careta, mas não é porque o líquido efervescente queima seus lábios grossos e sim porque a mistura ainda não está boa. Carangola tampa o caldeirão, pousa a colher de pau ao lado do forno a lenha e é só então que gira o corpo até que sua cara fique cara a cara com Max.

– E aí, o que vai ser? Do jeito fácil ou do difícil?

Max tem vontade de dizer que é melhor do jeito fácil, tudo é melhor do jeito fácil, mas não sabe do que o outro está falando, e se a pergunta for sobre como ele prefere morrer, nesse caso não prefere nem o jeito fácil, nem o jeito difícil, prefere que o deixem viver, a não ser que já tenha morrido e esteja no inferno e aí é que ele não sabe mesmo do que o outro está falando e seria imprudente se comprometer com uma resposta, antes ficar em silêncio, o que leva Carangola a um suspiro teatral, como Pilatos lavando as mãos numa encenação da Sexta-Feira da Paixão em Nova Jerusalém.

– Seja, então, do jeito difícil.

O som dos atabaques morre.

א 18

Já OUVIU FALAR DISSO ANTES.

O corredor é iluminado por luzes fluorescentes, distribuídas em pares ao longo de toda a extensão do teto, como se um fanático por *Star Wars* tivesse morrido, doado sua coleção de sabres de luz e ninguém conseguisse pensar em nada melhor para fazer com eles do que pendurá-los lá no alto. As paredes são pintadas de um verde-água monocromático, supostamente apaziguador, mas que dá a Max a impressão de algo doentio, o que não deixa de ser, se a gente parar pra pensar, uma metáfora apropriada. A combinação dos dois fatores, lâmpadas fluorescentes com paredes verde-água, mergulha o corredor numa atmosfera líquida e Max se sente flutuando em um hospital da Atlântida, submerso embaixo de quilômetros e mais quilômetros de oceano, uma sensação tão forte que ele chega a se espantar por não ver as lajotas do piso infestadas de craca e algas marinhas, não ficaria espantado de encontrar no final do corredor os destroços de um navio pirata naufragado, com direito a um baú do tesouro e os restos mortais da tripulação. Uma tripulação de esqueletos, naturalmente.

Uma vez, até leu um artigo sobre o assunto numa revista.

Próximo à entrada do corredor, uma enfermeira, deve ser uma enfermeira pois está vestida de branco, tamborila no teclado de um computador atrás de um balcão revestido de fórmica, e não há meio de saber se ela tamborila porque está preenchendo um formulário ou apenas destilando impaciência, companheira inseparável do tédio que assombra seu rosto, agita seus cabelos negros e encaracolados como uma brisa na madrugada, escorre feito lágrima de seus olhos gorduchos e vai se empoçar na covinha do queixo, de onde a enfermeira, deve ser uma enfermeira, tenta expulsá-la bufando repetidas vezes.

Era uma revista chamada *Planeta*, um número antigo que ele encontrou na sala de espera do consultório de seu dentista, naquela época ele ia sempre ao dentista, a mãe fazia questão e o levava pela mão e os dois sentavam na sala de espera, a mãe com um ar entediado, ponto a ponto igual ao da suposta enfermeira, ou será recepcionista, Max com medo da broca, folheando revistas velhas de um mês para não ter que pensar no tratamento de canal que viria pela frente.

A entrada do corredor é uma porta dupla de vidro, através da qual ele entrevê o vulto do vigia que deve ter lá seus quarenta ou cinquenta anos, grisalho, metido num uniforme que lembra vagamente o de um guarda, semelhança que deveria deixar Max nervoso, não é como se policiais e matadores vivessem no melhor dos mundos possíveis, a não ser quando os matadores *são* policiais, o que não é o caso de Max. Mas ele não está nervoso, não por isso pelo menos, e o segurança que coça o nariz varicoso com uma unha amarelada de nicotina enquanto alimenta fantasias sexuais com as enfermeiras de plantão, fantasias que ele sabe melhor do que ninguém que nunca vai realizar, não passa de mais um elemento na paisagem do hospital nesta madrugada fria em que nada acontece.

Mesmo aos dez anos, a idade que ele tinha quando leu o artigo da revista no consultório do dentista sob o olhar entediado da recepcionista, não, aquela era a mãe de Max, a recepcionista está aqui, mesmo aos dez anos de idade, Max não botou muita fé no que leu. Certo, era uma criança imaginativa, onde é que aquela imaginação foi parar ao longo de todos os anos que se passaram desde então, mas mesmo uma criança imaginativa tem plena noção da linha que separa a fantasia da realidade, e Max tinha poucas dúvidas a respeito de qual lado da linha ocupavam as experiências de quase morte.

Uma sirene se aproxima. O vigia se apruma. A enfermeira para de tamborilar no teclado. Ou será uma recepcionista? A ambulância estaciona com uma freada seca, deve ter deixado uma marca preta de borracha no chão. As portas se abrem de par em par, primeiro as portas traseiras da ambulância e em seguida as portas de vidro do hospital. Dois paramédicos entram apressados, empurrando uma maca onde jaz um homem, uma porção inconsciente de carne cercada de vermelho por todos os lados.

Isto é, Max tinha poucas dúvidas até agora.

– Vítima de tiro, perdendo muito sangue – cospe o primeiro paramédico.

– Preparar procedimentos de ressuscitação – regurgita o segundo.

Max desce de seu ponto de observação junto ao teto, ao lado das lâmpadas que se parecem com sabres de luz, e flutua até a maca, já sabe o que vai ver, mas não resiste à curiosidade de olhar, a maca atravessa sua evanescência, os paramédicos passam pela insubstancialidade de seu corpo fantasma e ele paira indeciso em meio a um pacote de ações potenciais superpostas, continuar no corredor, flutuar atrás da maca ou virar as costas e ir embora.

A ilha de carne cercada de vermelho por todos os lados obviamente é Max.

Eles levam o Max inconsciente para uma sala de cirurgia e o Max fantasma acaba por concluir que é melhor ficar com seu corpo, não vê nem sinal do diacho do cordão de prata que a revista falava, o tal que se rompe quando a gente morre, mas é bom não facilitar. Perde algum tempo procurando a sala certa, as portas são todas iguaizinhas e, quando entra, vê que já começaram os tais procedimentos de ressuscitação, e ele lembra de *ER* e de *Scrubs*, de *House* e de *Gray's Anatomy*, não tem um seriado médico onde uma cena de ressuscitação não seja obrigatória, e são todas iguaizinhas, são todas iguaizinhas ao que acontece na sala, só mudam os atores, neste caso é um médico gorducho que segura o desfibrilador, a enfermeira, porque neste caso só pode ser uma enfermeira, uma recepcionista não seria encarregada da tarefa, a enfermeira já desabotoou a camisa de Max empapada de sangue, o médico encosta um desfibrilador no outro pra testar e encosta o desfibrilador no peito de Max empapado de sangue, ele leva um choque de Jesus sabe quantos volts, estremece e acorda, coisa mais feia, cochilar no meio da aula, especialmente na aula do Moura, tomara que ninguém tenha notado, especialmente o Moura.

Mas não, nem os alunos, nem o professor parecem ter percebido que Max cochilou, o Moura na frente da classe continua com sua arenga monocromática, verde-água, na certa foi isso que botou Max pra dormir.

– Portanto – está dizendo o Moura – foi Leibniz, com a doutrina dos incompossíveis, o primeiro a enunciar a teoria dos mundos paralelos, que hoje faz tanto sucesso nas histórias sensacionalistas de ficção científica.

Na carteira à esquerda de Max, Alex se inclina para ele e cochicha:

– E aí, tu vai na minha festa hoje?

– Ainda não sei, tô pensando. Por quê?

O sussurro de Alex assume um tom conspiratório:

– O Tatá disse que descolou a queta que você pediu. Se você for, ele te leva na festa.

Na carteira à direita de Max, Rosa olha feio para os dois e faz sinal de silêncio com o dedo.

– Já é um saco entender as aulas do Moura, e vocês ainda ficam atrapalhando!

Alex ergue o dedo médio para Rosa, mas volta a se endireitar na carteira. Max não diz nada. Rosa é uma pentelha, uma nerd, uma legítima cu-de-ferro.

Mas uma cu-de-ferro das mais gostosinhas.

ℵ 19

O ÍNDIO CANTA:

– *Ar îekuab anhangá acanga tatá.*

A mãe de Max estremece.

O índio canta:

– *Moreîekuab anhangá acanga tatá.*

A mãe de Max estremece, solta a mão que segura na mão de Max, solta a mão que segura na mão do pai de Max.

O índio canta:

– *Îepirapûan max anhangá acanga tatá.*

A mãe de Max estremece, solta a mão que segura na mão de Max, solta a mão que segura na mão do pai de Max e cai de joelhos no tapete do corredor.

A índia olha.

O índio para de cantar, a índia não para de olhar e Max teme que a mãe esteja tendo um ataque epiléptico.

O pai grita:

– Ela tá incorporando.

A mãe de Max rola no chão, os olhos dilatados, as pupilas arregaladas, a respiração cuspida aos borbotões, acompanhada de um ronco no peito que lembra o barulho do motor do carro a álcool do pai de Max quando ele se recusa a pegar nas manhãs muito frias. O índio se aproxima dela, a mãe de Max se põe de joelhos e ele ergue seu rosto com a mão.

– Avé ené aporrêp?

Tem um ponto de interrogação no fim da frase, mas ela soa como uma ordem, a mãe de Max não diz nada e o índio insiste:

– Avé ené aporrêp?

A mãe de Max explode numa gargalhada obscena, *jacuí catú*, ela grita e gargalha, *jacuí catú aperrêp*. Desta vez, é o índio que se mantém em silêncio, a índia volta-se para o pai de Max com a solenidade de uma enfermeira que chega à sala de espera do hospital com más notícias guardadas no bolso do uniforme.

– Jacuí catú aporrêp.

O pai de Max assente, solene.

– O que foi que ela disse? – pergunta o menino.

– Não faço a mínima porra da ideia.

Ainda ajoelhada, a mãe de Max se põe a salivar com abundância, uma baba viscosa, que escorre pelo canto da boca. Vendo a baba, o índio aponta para Max, grita:

– Kurumi!

Max não dá um pulo de susto, não é um personagem de desenho animado, nem de filme, nem de romance, também não arregala os olhos numa careta de medo, suas reações são internas, o que ele faz é não responder, o índio repete, *kurumi*, e o pai de Max empurra o menino na direção da mãe salivante ajoelhada.

– Vai lá, ele quer que você ajude a tua mãe!

Ele não quer ir, pensa em negacear, arrumar uma desculpa, não é que não queira ajudar a mãe, mas a figura nua que baba no carpete não parece sua mãe, o pai mesmo não disse que ela tinha incorporado, pois então, é uma outra coisa que entrou dentro dela e essa coisa olha Max com um olhar famélico, feral, ele não quer ir mas vai. O índio toma a mão esquerda do garoto, aperta a palma com seus dedos de morsa, força-o a fechar a mão em concha, puxa a mão para a frente, coloca a concha sob o queixo da mãe incorporada, a baba viscosa escorre pelos cantos da boca e vai se aninhar na concha da mão de Max, ele apara a baba, ela se solidifica ao tocar sua pele, vira uma massa esbranquiçada, ele não consegue decidir se a massa é quente e arde como fogo ou é uma massa fria que queima como gelo.

Quente ou fria, a baba enche Max de nojo.

ℵ 20

Max rola no chão, os olhos dilatados, as pupilas arregaladas, a respiração cuspida aos borbotões, acompanhada de um ronco no peito que lembra o barulho do motor do carro a álcool que o pai de Max tinha quando ele era criança e que se recusava a pegar nas manhãs muito frias. Ele se põe de joelhos, os músculos da barriga vibrando com o impacto do murro que lhe expulsou o ar dos pulmões e quase lhe arranca a comida do estômago, um filete de baba escorre pelo canto da boca. O vulto cinzento do prédio da FFLCH tremula diante de sua visão desfocada, é encoberto pela caratonha de Carangola, que invade o seu campo visual e faz com que tudo volte a entrar em foco.

– Ei, que negócio é esse? – arqueja Max.

– Que negócio é esse pergunto eu. Quem que te deu ordem pra ficar de conversê com a mina do Tatá?

Carangola não está sozinho, Carangola nunca está sozinho. Seus esbirros estão sempre em volta, os esbirros de um esbirro, uma vez que ele próprio é o braço-direito do Tatá, que todo mundo chama de Tatá, o Traficante só pelo prazer da aliteração. Max, por sua vez, está sozinho, o que já é por si só sinistro, onde foram parar todos os alunos, ninguém cruza o vão entre os prédios de história e filosofia, nenhuma banquinha de livros precariamente apoiada sobre o cimentado amarelo-esbranquiçado, só o vento e os amigos de Carangola com cara de poucos amigos.

– Que mina, cara? Tá maluco?

O fôlego de Max ainda não encontrou o caminho de volta para casa, a pergunta sai num fiapo de linha soprado pela brisa, não sabe nem se Carangola ouviu, mas deve ter ouvido, porque está inclinado sobre Max e se inclina ainda mais, a carranca mais carrancuda.

– Tu chega perto da Rosa e tu morre. Sacou?

– Eu não quero nada com a Rosa.

Tenta se levantar, quanto mais não seja para ficar longe do bafo de cemitério de Carangola, só que ele não deixa, Max mal começa a se erguer e Carangola o empurra de novo no chão, ele cai de bunda, Carangola lhe chuta o estômago, ele se dobra em dois, Carangola contorna o corpo caído de Max e aplica outro chute metódico nos rins.

– Não foi o que eu ouvi.

Max de quatro no chão, Carangola e seus miquinhos amestrados se afastam, ele vê pelo rabo do olho, o ar em seu esôfago é uma mistura inflamável, agora é que o fôlego não volta mesmo, mas Max está enganado, o fôlego encontra uma onda de raiva pelo caminho e pega carona com ela até a garganta, seus olhos se enchem de lágrimas de ódio e, o mais alto que consegue, ele fala:

– Agora, que ela dava um caldo, dava!

Carangola para, como se tivesse sido atingido por um raio.

Uma sirene se aproxima. O vigia se apruma. A enfermeira para de tamborilar no teclado. Ou será uma recepcionista? A ambulância estaciona com uma freada seca, deve ter deixado uma marca preta de borracha no chão. As portas se abrem de par em par, primeiro as portas traseiras da ambulância e em seguida as portas de vidro do hospital. Dois paramédicos entram apressados, empurrando uma maca onde jaz um homem, uma porção inconsciente de carne cercada de vermelho por todos os lados.

– Vítima de espancamento, perdendo muito sangue – cospe o primeiro paramédico.

– Preparar procedimentos de ressuscitação – regurgita o segundo.

A ilha de carne cercada de vermelho por todos os lados obviamente é Max.

א 21

O VELHO DORME UM SONO agitado, entregue a sonhos intranquilos, as mãos enrugadas, pintalgadas de manchas cor de café, retorcem o lençol, a respiração é cuspida pelas narinas aos borbotões, acompanhada de um ronco de motor no peito, e um filete viscoso de baba escorre pelo canto da boca. Os poucos fios brancos de cabelo que lhe sobraram se esbatem contra o travesseiro, fugitivos desesperados tentando cavar um túnel que permita à alma evadir-se da prisão, sabedores, porém, de que não há fuga possível. Ele dorme de lado, dobrado, quebrado, a face esquerda enterrada na fronha que lhe oculta a marca esbotada de uma cicatriz desfigurada pelas rugas, os restos mortais de uma estrada interrompida por sucessivos deslizamentos de terra no acostamento, o que não chega a ser uma catástrofe, pois a estrada em seu rosto sempre levou do nada a lugar algum.

O velho acorda de um sono agitado, os sonhos intranquilos evaporam diante de uma realidade ainda menos tranquilizadora, a vertigem que mergulha em seu cérebro caquético feito broca a rodopiar e se engancha em sua consciência desmilinguida e a puxa em direção à superfície, o velho esbugalha os olhos, as paredes do quarto que ele ocupa na casa de repouso rodopiam em volta da cama e a própria cama gira tal qual a agulha desnorteada de uma bússola, e seu estômago gira com a cama e suas pupilas rodopiam com as paredes, ele sente-se desfazer por dentro, suas entranhas se liquefazendo, dando corpo à golfada de vômito que não vai demorar e ele afunda numa sopa de pânico e sucos gástricos, ele peida e pressente que também vai se cagar todo e ele berra e é um berro desarticulado, primal, não um homem velho, não uma pessoa doente, mas um bicho tomado pelos estertores convulsivos de uma agonia ainda mais pavorosa por não ser a agonia final, por ser apenas um elo numa cadeia de humilhações doloridas que começou muito antes e perdurará muito depois, os componentes de seu maquinário biológico entregando-se aos poucos à entropia, peça por peça, parte a parte, sistema após sistema.

A enfermeira noturna entra, atraída pelo grito, o velho gosta da enfermeira noturna, é a sua enfermeira preferida, Rosana ou Rosa ou Raquel, nunca o trata com condescendência, não lhe fala naquele tatibitati de quem acha que velhice é sinônimo de debilidade mental, jamais finge simpatia nem tampouco é antipática, uma profissional cumprindo profissionalmente suas obrigações profissionais, e além de tudo é bonita, a desgraçada, em vez de enfermeira podia ter sido capa da *Playboy*, com aqueles cabelos dourados, os olhos azuis e um corpão que não ia nem precisar de PhotoShop, mas neste momento o velho está pouco se fodendo para o corpão de Raquel ou Rosa ou Rosana, a única coisa que ele quer da enfermeira é que detenha o rodamoinho do quarto e estanque a náusea e faça ele parar de peidar, tenta olhar a enfermeira, o quarto gira em sentido anti-horário, é mais do que ele consegue suportar e crava o rosto no travesseiro, sem saber que há poucos instantes dormia naquela mesma posição, mal sente Rosana, Raquel ou Rosa se aproximar e lhe tomar o pulso e lhe medir a temperatura e lhe dizer para ficar calmo que ela vai chamar o médico, não ouve quando ela sai, não ouve quando ela volta, só descobre que Rosana ou Raquel cumpriu a promessa quando escuta o vozeirão do dr. Samuel:

– Qual é o problema, seu Max?

Como assim, qual é o problema? Não está vendo que o problema é esse movimento incessante, esse remoinho histérico, essa voragem que arrasta o quarto e todos os que estão nele para o horizonte de eventos de um buraco negro, não está sentindo o empuxo das marés gravitacionais que daqui a poucos instantes vão esmigalhar os meus ossos e devorar a minha carne e sorver o meu sangue, a minha merda, o meu mijo, misturar tudo num cozido entrópico temperado com o meu cérebro pulverizado? Não está vendo?

– Faz parar, – ele geme – faz o mundo parar...

O dr. Samuel Carangola segura uma seringa na mão esquerda e ergue a seringa com a mão esquerda e escancara a boca num sorriso de comercial de dentifrício e se transforma numa carranca sorridente:

– Não se preocupe, Max. Eu vou parar o mundo pra você.

O velho Max mal sente quando Rosa lhe abaixa as calças e sente menos ainda quando Carangola lhe aplica a injeção.

א 22

É QUASE UM TIPO DE aparelho, uma fábrica, uma linha de montagem. A mãe de Max não para de babar, e as mãos de Max em concha sob o queixo da mãe, ele agora precisa das duas, recolhem industriosamente a matéria prima, que se acumula em suas palmas e já é quase do tamanho de uma bola de futebol, uma bola de futebol esbranquiçada, quebradiça, mole que nem cera. O pajé índio vigia, sua assistente índia supervisiona, o pai de Max contempla e cada qual cumpre sua função para manter o bom funcionamento do maquinário.

– Erí!

É o índio que faz sinal para parar, sinal de que já está bom, conseguiram uma quantidade de material suficiente para seja lá o que for que vão fazer com ele. Max se afasta dois passos da mãe e miraculosamente cessa a salivação, os olhos da mãe se fecham e ela assume uma imobilidade de estátua. O dedo do índio assinala a bola cerúlea que o menino segura com todo o cuidado para não deixar cair.

– Ekoabok!

Max não entende o que ele quer, limita-se a olhá-lo, um par de pontos de interrogação boiando sobre as córneas.

– Ekoabok – o índio repete, levanta as duas mãos e faz uma mímica com os dedos. – Ekoabok!

O pai de Max vem resgatá-lo do oceano de incompreensão:

– É pra você esculpir a massa. – E, virando-se para o índio: – Não é isso?

O índio chacoalha a cabeça para cima e para baixo:

– Aîé! Ekoabok aýra!

A informação é útil para Max, mas não chega a ser esclarecedora:

– Esculpir? Mas esculpir o quê?

E a ajuda do pai também tem seus limites:

– Sei lá, faz qualquer coisa.

Max deposita a massa de baba solidificada no chão, senta-se diante dela e olha, pensando no que fazer. Desde a escola primária que ele não brinca com massinha de modelar e, mesmo naquela época, não era lá grande coisa, tentava fazer um cachorro e saía um elefante, seu elefante parecia um dinossauro e seu dinossauro ficava parecendo um cachorro. Mas não acha que valeria a pena explicar ao índio sobre sua falta de habilidade manual mesmo que falasse tupi, ele o encara e não tem cara de quem aceita explicações, os outros dois ecoam seu ar de expectativa, a mãe de Max é um boneco de corda cuja corda acabou. Max suspira, que se dane, o índio vai ter que se contentar com o que ele conseguir, estende as mãos e solta um gemido de susto, suas mãos adquirem vida própria e avançam sozinhas para a bola, os dedos ávidos para colocar a mão na massa.

– A minha mão tá se mexendo sozinha! – ele exclama.

O índio ri, a índia sorri e o pai de Max diz:

– Deixa, meu filho. Deixa as tuas mãos fazerem o que elas quiserem.

E elas fazem. Afinam ligeiramente a base da esfera, escavam um buraco triangular no centro e dois buracos redondos, um de cada lado do primeiro, usam as unhas como espátulas e traçam duas linhas paralelas de quadradinhos pequenos na parte inferior, Max logo percebe o que elas estão esculpindo, coopera com as mãos e no final, orgulhoso, está diante de um crânio igualzinho ao que ele achou na rua, exceto que este é branco onde aquele era negro. Mas não tem tempo de admirar sua obra, mal afastou as mãos e as órbitas vazias da caveira se acendem com uma luz vermelha, ela gira sobre a base e encara Max, ele se encolhe de medo, ela escancara os dentes que ele mesmo acabou de moldar e de sua boca vem uma voz que nem parece sair de uma bola de baba condensada.

– Meus parabéns – diz a caveira. – Você tá de cabeça feita.

א 23

Vai mais uma cerveja aí, seu João Caveira? Não? Bom, eu quero. Não se preocupa, precisa de muito mais do que duas cervejas pra me derrubar. E de mais a mais, tem que ser muito do masoquista pra aturar esta casa de cara limpa, meu filho. Não quer mesmo? Aproveita que eu já tô com a mão na porta da geladeira, não vou voltar pra pegar se você mudar de ideia depois. Da última vez que eu abri essa merda, dei de cara com a minha cabeça, eu sei que você tá sabendo, já estava aqui e tudo, só não tínhamos sido apresentados e, pra ser sincero, eu não devia nem abrir essa porta de novo, vai que eu tô de volta aí dentro mas, como eu te falei antes, sobriedade não combina com o estilo deste lugar e a gente tem que dançar conforme a música. É o que o meu pai sempre dizia, em Roma como os paisanos, coitado do meu pai, teve câncer na boca de tanto fumar e, apesar disso, eu bem que dava o meu cu por um cigarrinho. Ô, nem vem se assanhando, é força de expressão, cumpadre, que eu sou espada, só quis dizer que faria qualquer coisa por um cigarro, meu reino por um cigarro, ficou melhor assim? Que maconha o caralho, cara! Cigarrinho mesmo, a boa e velha Lady Nicotine, meu maço tinha que ter acabado, cerveja e cigarro deviam ser itens obrigatórios no equipamento de qualquer um que se disponha a enfrentar uma casa mal-assombrada. É, eu sei, tô tagarelando sem parar por pura enrolação, tô adiando abrir a geladeira, você também ia adiar se tivesse visto a tua cabeça com a boca cheia de vermes, e olha que isso foi só o começo, daí pra frente as coisas foram indo ladeira abaixo. Quando eu era criança, lá perto de casa, tinha uma rua chamada Cruz de Malta que era uma puta duma ladeirona, eu adorava quando o meu pai descia a Cruz de Malta com o carro, dava um frio na barriga que nem montanha-russa, é mais ou menos como eu me sinto aqui dentro, dá um frio na barriga, só que esse eu não adoro. Tá bem, tá bem, vou abrir, pralguém que não passa da parte de cima de um esqueleto de plástico até que você é bem impaciente, tá querendo tirar o pai da forca, por acaso? Ah, ótimo, nada além de comida, bebida e cerveja, que cerveja não é bebida, é uma categoria à parte, uma invenção dos deuses para tornar a nossa vida um pouco menos miserável neste vale de lágrimas. Minha mãe que falava assim, chamava o mundo de vale de lágrimas, deve ter tirado isso da Bíblia, minha mãe nunca foi carola mas foi ficando depois de velha, acordava todo o dia às seis da manhã pra assistir à missa no canal católico e o mais engraçado é que nem por isso ela parou de frequentar centro espírita. Teve até uma vez que eu fiquei doente e ela me levou pra tomar passe, ela e o meu pai, não que meu pai acreditasse nessa putaria, meu pai era um descrente, mas a minha mãe deve ter insistido ou então eles esgotaram as alternativas nas quais o meu pai podia acreditar, médicos e remédios e o escambau hospitalar. Eu falei hospitalar, não hospitaleiro! Até sugeriria pra você passar um cotonete na orelha, dizem que faz maravilhas, mas você não tem orelhas, não é mesmo? Apesar disso, me empresta os teus ouvidos, deixa só eu sentar que já te falo umas coisas que andei pensando. Sobre o quê? Sobre isto aqui, o que mais haveria de ser? Agora há pouco, eu disse que era uma casa mal-assombrada, mas é só força de expressão, que nessas coisas eu sou que nem o meu pai, não acredito em nada que não possa ser tocado, cheirado ou provado pela ciência. Por isso, tenho certeza de que existe uma explicação científica pra essa putaria toda e, de tanto queimar a mufa, acabei chegando a uma conclusão. Isto aqui parece uma casa, tem focinho de casa, rabo de casa, mas não é uma casa. A-há, aí é que está! Aposto que você não adivinha. Nem precisa se dar ao trabalho, você nunca vai descobrir. Pra isso, não basta que o crânio não seja de plástico, também é essencial que haja um cérebro dentro do crânio. Mas, como eu sou um sujeito bacana, eu vou te falar. Fica só entre nós, o resto do mundo não tá preparado para uma revelação deste porte. Esta casa – não, peraí, esqueci das aspas, elas são fundamentais. Esta "casa" só parece uma casa, na verdade ela é um ponto de intersecção entre vários universos paralelos. Ei, você podia pelo menos me dar um crédito por conseguir falar "intersecção" sem engasgar. Olha só como tudo se encaixa nessa teoria! Num universo, eu sou este que vos fala. No outro, sou aquele cara da festa no apartamento. Em outro ainda, sabe lá Deus o que eu sou. E então, vai me dizer que não faz sentido? O que você quer dizer com *não é bem isso*? Você não sabe de nada, tá me ouvindo? Nada! Foda-se a garrafa, é você que vai recolher os cacos por acaso? Críticas, críticas, é só o que eu escuto!

א 24

MAX VAI PARA A SALA pisando duro, o ceticismo de João Caveira o deixou puto, o cara não passa de um boneco e, mesmo assim, vem querendo demolir a teoria que lhe deu tanto trabalho para colocar de pé. Que diacho, é uma boa teoria, se não estritamente científica, pelo menos de ficção científica. Não foi de um livro de ficção científica que ele tirou? Pode até citar a fonte, Keith Laumer, *Mundos Alternantes*, um livrinho da coleção Argonauta que ele leu na adolescência e que nunca mais esqueceu, engoliu o livro todo em pouco mais de uma hora, em que pese o português castiço, português de Portugal que lhe ficava entalado na garganta. Lia muita ficção científica na adolescência, depois deixou para lá, mas às vezes tem saudades daquelas leituras, especialmente quando fica de saco cheio deste vale de lágrimas, como dizia a mãe.

– O que será que tem por aqui pra gente se divertir?

O cão parou de rosnar no quintal, as instrusões dos mundos paralelos (de acordo com a sua teoria) também deram um tempo e Max acha que é uma boa oportunidade para voltar a sua estratégia de antes – já que está preso, que sua estadia na casa seja pelo menos tão agradável quanto for possível a uma temporada no inferno. Apanha o controle remoto, liga a TV e se escarrapacha no sofá com um suspiro forçado de alívio ou um suspiro de alívio forçado, quer mostrar que não está com medo para o caso de alguém o estar observando, precisa de muito mais do que alucinações e um boquete para...

Caralho.

É ele na TV, escarrapachado no sofá, olhando para a câmera invisível com uma expressão forçada de alívio ou com uma expressão de alívio forçado. Muda o canal, a tela agora mostra a festa no apartamento de Alex, onde um Max mais jovem bate uma carreira de quetamina sobre a mesinha de centro e aspira com uma única fungada. Torna a trocar de canal, desta vez leva um pouco mais de tempo para reconhecer o menino que aparece na televisão, é um rosto que ele não vê a muito tempo, o rosto que Max tinha quando Max tinha dez anos. Deitado na cama, ele se remexe, inquieto, gemendo, e Max lembra que é verdade, costumava ter muito pesadelo quando era criança. Novo canal, nova imagem. O Max que Max vê agora é um velho de terno, o cenário é o de um programa de entrevistas, tipo Jô Onze e Meia ou aquele cara da tevê a cabo, a cena já abre com o Max velho no meio de uma resposta.

– Não é bem isso. O que a Interpretação de Copenhague prevê é que existem muitas realidades *potenciais* entrelaçadas. Mas, de acordo com a teoria da soma de histórias de Richard Feynman, essas realidades potenciais vão se cancelando umas às outras, até que, quando ocorre o colapso da função de onda, só uma delas se torna real de verdade.

A câmera corrige para a entrevistadora, uma mulher atraente de cabelos loiros que Max reconhece na hora, que cacete Rosa está fazendo na televisão? E, já que estamos no assunto, que cacete a versão tiozinho de Max está fazendo na televisão?

– Mas, professor, – pergunta Rosa-a-entrevistadora – e a Teoria Múltiplos Mundos?

Essa é boa, pensa Max, desde quando eu sou professor?

– A Múltiplos Mundos é uma picaretagem que só os escritores de ficção científica levam a sério – responde o velho Max da tevê, e se inflama à medida que continua a falar. – Uma curiosidade, a ser incluída no museu das bizarrices inspiradas pela mecânica quântica, ao lado da teoria de que é a consciência que cria a realidade e junto com todos esses livros ordinários que tentam misturar física com religião.

Não tô entendendo porra nenhuma do que eu tô falando, Max torna a pensar. Na tevê, o outro Max, o Max mais velho, para de falar e leva a mão ao peito, com um esgar dolorido que lhe vira a cara do avesso.

– Professor! O senhor está bem? – exclama a Rosa da tevê, alarmada.

– Faz parar, – ele geme – faz o mundo parar...

O velho Max tomba para a frente, Rosa dá um grito e a imagem sai do ar.

Uma sirene se aproxima. O vigia se apruma. A enfermeira para de tamborilar no teclado. Ou será uma recepcionista? A ambulância estaciona com uma freada seca, deve ter deixado uma marca preta de borracha no chão. As portas se abrem de par em par, primeiro as portas traseiras da ambulância e em seguida as portas de vidro do hospital. Dois paramédicos entram apressados, empurrando uma maca onde jaz um homem, uma porção inconsciente de carne cercada de vermelho por todos os lados.

– Vítima de parada cardíaca precisando de atendimento imediato – cospe o primeiro paramédico.

– Preparar procedimentos de ressuscitação – regurgita o segundo.

A ilha de carne cercada de vermelho por todos os lados é o velho Max.

$\aleph_0$

Os convidados já começaram mas ainda tem muitos outros por vir, as festas no apartamento do Alex são assim, chega gente à noite inteira, depois você faz as contas e vê que não tinha como caber todos mundos, mas cabe, de algum jeito cabe. São um sucesso que ninguém quer perder, sempre rola um escândalo nas festas do Alex, teve uma vez que a mina abriu as calças do cara e se pôs a chupar o pau dele na frente de quem quisesse ver, nem aí pros outros, o que importava era a chupada, e olha que nem era puta, diz que mina de família e tudo. Eu não sei, não tava lá, nesse dia não fui, mas me contaram. Por isso ninguém se espanta quando a campainha invade a sala, zumbe, nem chega a interromper nada, o surpreendente é que ela alguma vez fique quieta, era de se esperar um toque contínuo, um convidado chega e antes que tire o dedo do botão já vem outro e o substitui, não sei porque o Alex não deixa a porta aberta de uma vez, neguinho sai do elevador e vai entrando de prima. Olhaí, não falei? A campainha.

Antes que Alex se toque ela toca duas, três vezes, no meio da quarta ele atravessa a sala e abre antes do quinto toque e se surpreende ao dar de cara com Max, é claro que convidou Max, nunca deixa de convidar, às vezes ele vem, às vezes não, mas esta noite não o esperava, mesmo tendo uma encomenda para lhe entregar, depois que recebeu a encomenda as coisas mudaram um pouco e Alex achou que demoraria um tempinho para ver o amigo de novo, mas não, é Max parado na porta, sem faltar nenhum pedaço, ao menos até onde Alex consegue ver.

– Ouvi dizer que tu tava no hospital.

– Ouviu errado.

Max passa por Alex, cruza a sala e vai direto para Rosa, sozinha num canto, de pé, o espaço em volta dela é visível, quase um campo de força porque quem tem cu tem medo e ninguém se mete a besta com Tatá, que todo mundo chama de Tatá, o Traficante só pelo prazer da aliteração. Supõe-se que Max também tem cu, mas não age como tal, chega junto de Rosa e, no que ela se vira para cumprimentá-lo, já vai lhe tascando um beijo na boca, e não é beijo de filme, a não ser que seja filme pornô, uma sofreguidão que pega Rosa de surpresa, ela quase não tem fôlego para falar quando a coisa chega ao fim:

– Uau, tá com fome de bola, hein, Max?

Max não responde, seus atos falam por si, em vez disso pergunta para Alex:

– O Tatá tá aí?

– Não, já foi embora. Mas deixou uma encomenda pra ti.

Alex enfia a mão no bolso, retira um pacotinho, estende para Max.

– Ia guardar pra quando tu saísse do hospital.

– Eu nunca estive no hospital.

Max apanha o pacote, guarda no bolso, distraído pela nova música que começa a tocar, era Prodigy quando chegou, *come play my game I'll test ya*, é um som antigo mas ele gosta pra caralho, *psychosomatic addict insane*, só que agora Prodigy vai embora e Max se pergunta quem será o DJ que Alex contratou, não consegue decidir se é uma puta ideia ou uma ideia puta essa de emendar uma batida tecno com um baticum de macumba.

Podia ser uma árvore plantada no meio da sala, o revólver pendurado na ponta de um galho, o vento pânico a lhe agitar a folhagem dos cabelos, só que não é porra nenhuma de árvore, é Max encagaçado, achou que nada mais naquele lugar seria capaz de assustá-lo e achou errado, ele reconhece o som de atabaques que bate com os nós dos dedos contra o vidro da janela (como um arrombador tentando invadir a casa), rasteja por baixo da porta (como um envelope de papel pardo introduzido na sorrelfa), rodeia Max (como um cão feroz rondando a presa) e ergue um cercadinho ao redor da árvore, uma mureta de som que cresce, se avoluma, vira uma muralha, é a mesma batida que tocava na vizinhança na noite em que ele matou Rosa (ou no dia em que Rosa o matou), mas ali tinha um contexto, era sexta-feira (não era?) e todo mundo sabe que sexta-feira é o Dia

Internacional da Macumba, ou será que hoje é sexta-feira e tem um terreiro de umbanda nos arredores? É uma explicação cambeta, que Max sabiamente não compra, a música não vem de porra de terreiro nenhuma, está ali dentro com ele, brota das paredes, infiltra-se em seus ossos, percorre-lhe as veias com o sangue e sai pelas narinas com o ar, apenas para tornar a entrar pelos ouvidos e golpear-lhe o cérebro com pancadas repetidas, pode ser que nem apavorasse tanto em outro dia, outro local, outras circunstâncias. Ali, vindo no final de uma sequência de eventos que ele não quer nem pensar, ela ganha uma qualidade ominosa, ele lembra dessa palavra dos tempos de faculdade e saber que jamais botou os pés numa faculdade só contribui para tornar a música ainda mais ominosa, ele segura a arma com as duas mãos, gira o corpo, procura onde fazer mira, não encontra nada para mirar, e Max berra, de onde vem essa música?

– De onde vem essa música?

Os atabaques não respondem, as paredes guardam silêncio. Da cozinha vem o rosnado de um cão feroz rondando a presa, *you're the victim.*

É claro que está todo mundo parado, Max chegou enfim a uma conclusão, é mesmo uma ideia puta, quem é que vai querer dançar um ponto de macumba? Desse jeito a festa morre, não só ninguém se mexe como a música é alta demais para conversar, quer dizer, não dá para fazer nada, só ficar ouvindo o tum-tum-tum repetitivo, monótono, ia ser bacana é se alguém incorporasse, Max não acredita nessas coisas mas ia ser bacana, de repente baixar uma pomba-gira na Rosa ou um exu no próprio Max, como será que a pessoa se sente quando incorpora, será melhor que o barato da quetamina?

É claro que está todo mundo parado, se bem que um pouco parado *demais*, não acha? Olha só o Alex lá no canto, começou a levar o copo à boca e não completou o movimento. A Rosa de cócoras com a bunda pairando sobre o sofá, por que não senta de uma vez? Aquele encostado na estante, Max não conhece, mas tem a boca entreaberta no que leva todo o jeito de ser a metade de uma palavra congelada, a palavra é essa, congelada, eles não estão apenas parados, estão *congelados*, imobilizados, todo mundo resolveu brincar de estátua de repente, parece que só Max consegue se mexer e agora ele fica assustado, assustado à vera, porque, ao que tudo indica, ele também é o único a ouvir o barulho que vem da cozinha e se mistura com o bater dos atabaques e que é como a voz rouca de um cão, a voz rouca de um cão que ladra.

O que foi que o acordou? Não devia ter acordado, tá certo que velho tem o sono leve, qualquer titica basta para despertar, já aconteceu mais de uma vez, um grilo no canto do quarto, o cochicho das enfermeiras noturnas, Rosana, Rachel e Rosa, suas três parcas fofocando na madrugada, ou apenas o peso da velhice a lhe fazer ranger as juntas, mas não esta noite, o dr. Carangola lhe deu um tranquilizante, aplicou uma injeção de quetamina, ele acha engraçado, sempre ouviu dizer que quetamina era calmante de cavalo, ou então de bebê, mas o dr. Carangola sabe o que faz e, se ele sabe o que faz, Max não devia ter acordado, exceto que Max acordou e o que foi que o acordou?

Seus sentidos não são mais o que eram, chega tudo embolado em sua cabeça, leva um tempo até desembaralhar o que é da visão e o que pertence ao ouvido, o gosto amargo na boca, o cheiro a mofo nas narinas, a pressão amorfa dos lençóis sob as costas e da colcha sobre o peito roufenho, percebe que não foi nada disso que o arrancou de seu sono quetamínico, foram os ruídos, os ruídos que de início também são uma maçaroca sonora, rítmica, vão tomando forma a pouco e pouco, é um tipo de tambor, ele fica indignado, quem é o filho da puta que resolveu tocar tambor a esta hora da noite, bem do lado de uma casa de repouso? Ah, mas não é lá de fora que vem o tambor, isto logo fica claro, portanto deve ser o rádio que Rosa, Rachel ou Rosana esqueceram ligado nalgum canto do quarto, vai prestar queixa junto à administração, as enfermeiras são uns amores e Rosa até que é bem apanhada, mas não tem formosura que desculpe a falta de responsabilidade, já pensou se o susto lhe causa outro enfarto? O problema é que o som tampouco soa como se viesse de fora, reverbera pelo lado de dentro do crânio, Max pode não ser neurologista, é um físico aposentado, mas tem lá suas leituras, viu coisa parecida num livro do Oliver Sacks, são alucinações musicais, nada com que se preocupar, pode voltar a dormir ou então desfrutar a melodia que seu cérebro preparou especialmente para ele e que nem é tão desagradável, tem uma qualidade primitiva, hipnótica, primal, é só fechar os olhos e deixar-se levar, e é o que ele está a ponto de fazer, mas não faz, acabou de notar que os tambores não vieram sozinhos. Por baixo dos tambores tem um outro som e o velho Max repentinamente é acometido pela certeza de que foi este outro som que o acordou, um som igualmente primitivo, mas que não tem nada de melódico, um som que chegou escondido, camuflado pela música e, uma vez lá dentro, abandona o disfarce, põe-se a aumentar, a crescer e é um som animal, o rosnado de um cão feroz rondando a presa.

Junto com o rosnado, vem a vertigem.

Max continua parado no centro da sala, o revólver que lhe balança inútil entre os dedos, impotente para protegê-lo até dos atabaques, quanto mais do cachorro que rosna ali mesmo, do lado, um rosnado de triunfo, de quem conseguiu transpor a porta entre o quintal e a cozinha, de onde emerge com os olhos sanguíneos, a boca pingando uma baba viscosa que goteja no tapete e se solidifica e se transforma em velas vermelhas e em velas pretas, as velas se acendem sozinhas, projetam sombras do cão na parede, bruxuleiam, e com o bruxuleio vêm as vozes, vozes de homem, de mulher, voz de criança, tudo misturado, tudo cantando junto, embalados pelo som dos atabaques.

Portão de ferro
Cadeado de madeira
Na porta do cemitério
Quem mora é Exu Caveira

O animal caminha na direção de Max, os passos são deliberados, lentos, não há porque se apressar, a presa não vai fugir. Max atira quase que por obrigação, atira de novo e torna a atirar, e a cada tiro a coisa que avança se transforma, o primeiro tiro o põe sobre duas pernas, o segundo tiro faz com que o pelo negro vire uma capa preta com cartola, o terceiro tiro converte o cão que não é mais cão num esqueleto. Um suor pegajento, gelado, escorre pela testa de Max. Não é um esqueleto boa-praça, como seu amigo João Caveira. Vermes rosados, reluzentes, se contorcem no anzol de suas costelas. Nas mãos, segura um tridente vermelho. Seus olhos são duas brasas incandescentes. Ele para diante de Max, uma coisa inumana, pré-humana, pós-humana, sua boca descarnada, escancarada, exala um cheiro de podridão, o fedor do húmus nas florestas, o odor da terra escura revirada pelos coveiros, um hálito de placentas esmigalhadas e bebês estrangulados pelo cordão umbilical, *inhale, inhale*, sua voz reverbera nas profundezas de um sepulcro, *come play my game I'll test ya*, e sua gargalhada insana ecoa todos os cantos fúnebres já entoados por todos os mortos que jamais caminharam sobre a Terra.

ELEGBARA

E

Em algum ponto do trajeto entre a casa e o trabalho, provavelmente logo depois do telefonema da esposa, um alquimista ensandecido fundira uma tonelada de chumbo no cadinho e vertera o líquido na cavidade torácica de Felipe, até preencher todo o espaço entre o coração e a garganta. Felipe tentou tranquilizar Irene, dizendo-lhe para não se preocupar, que ele já estava chegando. Depois, ligou para a firma, avisou que teria de faltar devido a uma emergência e entrou no primeiro retorno à direita. Deu sorte de pegar o contrafluxo, as pessoas estavam indo para o trabalho, para a escola, para a faculdade, ele estava indo para casa. Ainda bem, tudo o que ele não precisava agora era ficar preso no trânsito, os minutos perfurando o tempo lentamente, a golpes de água mole em pedra dura. Felipe era um católico relapso, ia na igreja só quando havia um casamento ou uma missa de sétimo dia, não sabia sequer se acreditava em Deus de verdade, mas rezou para que um poder superior qualquer fizesse com que Deus existisse e que esse Deus fosse mesmo tão misericordioso quanto tinham lhe ensinado nas aulas de catecismo, já lá iam trinta anos. Não havendo Deus, qualquer um que estivesse por perto serviria, desde que fosse capaz de intervir e afastar o espectro da morte que não, para, não é por aí, ninguém falou em morte, quem foi que falou em morte? Deve ser só uma gripe, ou então uma dessas doenças de criança, sarampo rubéola catapora, toda criança tem, é só uma doença de criança, é só isso e nada mais.

Parou o carro, desceu apressado, não se deu ao trabalho de guardar na garagem, ia ter que sair daqui a pouco, abriu a porta, subiu as escadas. Encontrou Irene no quarto, ajoelhada junto à cabeceira do menino, a mão na testa da criança, o rosto numa máscara de angústia.

– Febre?

A pergunta escorreu para fora da garganta num filete de voz, depois de abrir caminho à força pela massa de chumbo derretido em seu peito. Irene balançou a cabeça num movimento que pretendia ser uma negativa, mas que acabou saindo mais como um leve tremor. Felipe olhou para o filho e ele de fato não parecia estar com febre, não tinha o rosto vermelho, nem a testa porejada de suor. A expressão era tranquila, serena, a expressão de uma criança que dorme e não haveria problema algum se não fosse a expressão de uma criança que dorme e não acorda.

Felipe se aproximou da cama, chutando de passagem um carrinho de ferro laranja, que saiu em disparada e foi se esconder embaixo do estrado. Inclinou-se sobre o filho, estendeu a mão, tocou-lhe o ombro.

– Max? Acorda, Max. É o papai...

Sabia que era inútil, a mulher já devia ter feito isso e muito mais, com o mesmo resultado que era uma ausência de resultados.

– Vamos levar ele pro hospital – disse, e Irene estremeceu como se o marido tivesse pronunciado uma sentença de morte, ou pelo menos a admissão de uma doença que se encontrava fora do alcance do pátrio poder, exigia a intervenção de especialistas, diagnósticos e medicamentos, de internação talvez, e a sombra do medo maior que pairava nas fímbrias da consciência, a suspeita de que nem isso fosse o bastante para despertar Max de seu sono.

Com cuidado, com carinho, Felipe afastou as cobertas e pegou o menino no colo. Irene se levantou, como quem sai de um transe, e correu para o quarto do casal, atrás da carteirinha do convênio. Felipe desceu as escadas, o corpinho de Max pesando em seus braços, esperou Irene abrir a porta da sala, o portão, a porta do carro, e com o mesmo carinho, o mesmo cuidado, depositou Max sobre o banco traseiro.

– Foi a caveira – disse Irene, sentada no banco de trás, com a cabeça de Max no colo.

– Que caveira? – perguntou Felipe, concentrado na direção.

– A que ele trouxe da rua ontem. Falei que era porcaria, falei pra jogar fora.

– Era um boneco de cera – retrucou Felipe, lembrando qual era a caveira de que a mulher falava.

– Era coisa de macumba – Irene disse, irredutível.

– Não seja estúpida, Irene! Você acha o quê, que a caveira enfeitiçou o moleque?

Sentada no banco de trás, com a cabeça de Max no colo, Irene se encolheu magoada.

– Desculpa – murmurou Felipe. – Eu não quis ser grosso.

Irene não respondeu. O carro seguiu em silêncio e agora não estava mais no contrafluxo. Felipe tamborilou sobre o volante, impaciente seria uma palavra fraca demais para descrever a vontade que ele tinha de descer e chutar os demais automóveis para fora do caminho.

– Ele achou a caveira no meio da rua – disse Irene, por fim. – Em cima da calçada, no meio da sujeira. Vai ver, estava contaminada. Tinha micróbio, bactéria, sei lá. Como era o nome daquela doença, a que a gente viu naquele filme? O com o Robin Williams?

– *Tempo de Despertar* – respondeu Felipe.

– Tá, mas como é que chamava a doença?

– Encefalite letárgica – disse Felipe, depois de uma pausa. – Mas não pode ser. Você não lembra do filme? Ela dá febre e ele não tá com febre, a gente viu no filme, ele não tá com febre.

Mais silêncio, embalado apenas pelo ruído de pigarro do motor.

– Tem aquela outra, aquela que a mosca pica e a pessoa cai dormindo, não acorda nunca mais.

Mais ruído de pigarro do motor, embalando o silêncio.

– A mosca que dá isso tem um nome engraçado, parece chinês.

O silêncio e o motor.

– Tsé-tsé, lembrei!

O motor.

– É mosca tsé-tsé.

E o silêncio.

Chegaram no hospital e, em vez de seguir com Irene e Max, Felipe foi obrigado a perder um tempo enorme no balcão, preenchendo a papelada. A mão tremia tanto que, se fosse um cheque e não um formulário, teria sido recusado na compensação porque a assinatura não batia. Quando terminou, vagou por corredores brancos e com cheiro de assepsia, até encontrar a saleta onde uma residente e um enfermeiro tiravam o EEG de Max. Juntou-se a Irene, que aguardava ao lado, e os dois deram-se as mãos no que passaria por uma alegoria medieval da apreensão. A cabeça de Max mergulhava numa touca branca cheia de fios. Um computador de tela plana exibia um modelo tridimensional de seu cérebro, com manchas coloridas espalhadas simetricamente por toda a superfície. A residente olhava a dança das cores pela tela com a testa franzida, o que para Felipe não tinha cara de ser um bom sinal. Mas quando ele finalmente criou coragem e perguntou, ela abriu um sorriso tranquilizador e garantiu que ele não tinha com o que se preocupar. O sorriso só serviu para deixá-lo ainda mais inquieto. Afinal, se ele não tinha com o que se preocupar, por que é que o filho não acordava?

Da saleta, Max foi levado para a enfermaria. Ainda não sabiam se era caso de internação, isso era só o neurologista quem podia determinar, e o neurologista ainda não chegara. Por enquanto, o menino ficaria em observação, até o doutor decidir qual seria o procedimento mais adequado. Mas vocês podem ficar tranquilos, o dr. Cadique é um neurologista competente, ganhou até um prêmio no ano passado, e Felipe decidiu que, se alguém mais lhe dissesse que não tinha com que se preocupar, ele daria um berro de estremecer as paredes imaculadas.

Max ficou aguardando num dos leitos da enfermaria, alheio a tudo o que se passava ao seu redor. Felipe e Irene aguardavam com ele, perfeitamente conscientes de cada ruído, de cada gemido nos outros leitos, de cada tranco do ar condicionado. Toda vez que se ouviam passos no corredor, Irene apertava levemente a mão de Felipe, na esperança de que fosse o tal dr. Cadique chegando, mas o dr. Cadique não chegava nunca, uma hora era uma enfermeira que passava distribuindo remédios para quem era de remédios e comida para quem era de comida, outra hora era um residente que vinha conferir se os pacientes continuavam na mesma, se nenhum deles tinha morrido, e nenhum deles tinha morrido, mas o dr. Cadique não chegava nunca.

Já era quase de noite quando o médico deu o ar da sua graça. Era um homem corpulento, com uma barba loira e penetrantes olhos cinzentos, um conjunto que fez Felipe pensar no cruzamento entre um guerreiro viking e um urso panda. Cumprimentou Felipe, cumprimentou Irene e fez uma festinha na testa do garoto que não estava nem aí para festinhas. Tinha examinado o EEG, disse, e podia garantir que Max não estava em coma, não tinha encefalite letárgica nem contraíra a doença do sono. Também não estava apenas dormindo. Nesse caso, perguntou Irene, o que é que ele tem? O dr. Cadique sorriu, o dr. Cadique sorria muito, e respondeu com uma frase em jargão que, traduzida para o português castiço, significava que ele não fazia a mínima porra da ideia. Mas vamos continuar investigando e, me diga uma coisa, o plano de vocês tem cobertura para tomografia? Desta vez, era Felipe quem não fazia a mínima porra da ideia, só sabia que era o plano top. Então deve cobrir, disse o dr. Cadique, mas em todo caso, deixa eu confirmar lá na recepção. Ligou para a recepção, passou o número do cartão de Felipe e, quinze segundos depois, abriu um sorriso satisfeito.

Cobria.

Marcaram a tomografia para as onze horas do dia seguinte. Até lá, não há nada que se possa fazer, vocês podem ir para casa e descansar um pouco. Mas quem é que consegue descansar com o filho de oito anos preso numa cama de hospital? Ficaram por ali mesmo, comeram na lanchonete do hospital, cochilaram no banco da recepção e, quando as onze horas entraram pela janela do hospital, estavam ambos lá, com os olhos vermelhos e as costas doridas e o coração apertado.

X

– A tomografia não revelou nada que o EEG já não tivesse mostrado – disse o dr. Cadique.

Estavam na sala do médico que, como toda sala de médico, tinha as paredes coalhadas de diplomas e pôsteres com propagandas de remédios, Felipe e Irene sentados diante da mesa do dr. Cadique, o dr. Cadique sentado atrás da mesa do dr. Cadique e, entre eles, uma tela de computador com o que parecia um protetor de tela diferente, mas que na verdade era um modelo tridimensional do cérebro de Max, tal como mostrado pela tomografia.

– Se Max estivesse em coma, ou mesmo em sono profundo, haveria uma predominância de ondas delta no cérebro, mas as ondas delta estão completamente ausentes, como vocês podem ver aqui.

Apontou para a tela. Felipe não conseguia ver porra nenhuma, mas quem era ele para contradizer um eminente neurologista como o dr. Cadique?

– O que nós temos é um aumento de ondas alfa e theta no lobo occipital... – o médico mostrou com o dedo a parte de baixo do círculo que supostamente representava o cérebro de Max, e onde se via uma área de um verde-amarelado misturado com vermelho – ...e também um acréscimo de atividade theta no lobo frontal. – O dedo deslocou-se para a parte de cima do círculo, que exibia outro borrão vermelho. – O mais curioso é que, vocês vão notar, o padrão de ondas dos dois hemisférios é absolutamente simétrico.

Isso Felipe conseguia ver, cada metade do círculo era como se fosse a imagem em espelho da outra.

– Estranhamente, de acordo com esses resultados, o seu filho está consciente.

– Mas então – a voz de Irene era puro desespero – por que é que ele não abre o olho? Por que é que ele não levanta da cama, não fala, não anda?

O médico pensou um instante antes de responder.

– Só vi um padrão de ondas parecido uma vez – disse, por fim. – Num estudo sobre os efeitos da *ayahuasca* no cérebro. – Vendo a perplexidade no rosto do casal, explicou: – A *ayahuasca* é uma bebida alucinógena, que alguns povos indígenas usam para ter visões.

– Pelo amor de Deus, doutor! – protestou Felipe. – O menino tem oito anos, o senhor não vai me dizer que ele está usando drogas!

– Não. O que eu estou dizendo é que ele está em transe – e, voltando-se para Irene, como se ela, por ser mãe, fosse a mais indicada para responder a esse tipo de pergunta: – Quando foi mesmo que vocês disseram que ele ficou assim?

– Desde hoje de manhã. Até ontem, ele tava normal, saiu pra brincar na rua e tudo.

– A senhora lembra se ele disse que aconteceu alguma coisa na rua? Se ele foi picado por um inseto, por exemplo?

– Bom, ele voltou pra casa com um negócio que encontrou na rua. Eu fiquei apavorada quando vi, acho que ele pegou numa macumba.

– Pode ser isso, doutor? – interveio Felipe. – Será que o troço não estava contaminado?

Irene lançou-lhe um olhar de soslaio e Felipe enrubesceu. Era isso mesmo que ela tinha sugerido no carro e ele ignorara.

– É possível – respondeu o dr. Cadique, mas não parecia convencido. – Que objeto foi esse que ele trouxe da rua?

– Uma caveira. Uma caveira preta.

O médico franziu o cenho. Depois, pegou o receituário e anotou alguma coisa enquanto dizia:

– Eu poderia manter Max aqui em observação mas, honestamente, acho que este homem vai poder ajudá-los mais do que eu.

Arrancou a folha do bloco e passou-a para Felipe. Este a examinou e viu que era um endereço.

– Ele também é médico?

– Não – respondeu o dr. Cadique. – É pai-de-santo.

O carro parou diante de uma casa grande, chique. Uma verdadeira mansão, pelo menos aos olhos de Felipe, que sempre vivera naquela fronteira indefinida entre a classe média baixa e a classe baixa, e para quem o ápice da realização econômica até o momento tinha sido conseguir alugar um sobradinho na Vila Nivi, Zona Norte de São Paulo.

– Será que é aqui mesmo? – perguntou, indeciso.

Em resposta, Irene apontou para a placa que pendia da grade prateada do portão: TENDA ESPÍRITA "CABOCLO SETE-FLECHAS". Felipe desceu, hesitou e apertou a campainha. De dentro da casa, saiu um homem de uns cinquenta, sessenta anos, cabelos grisalhos, todo vestido de branco.

– Pois não?

– Pai Cerqueira de Omolu?

– Sim?

– Eu falei com o senhor no telefone. É sobre o meu filho Max.

Apontou para o carro, onde Max jazia no banco traseiro, sobre o colo da mãe.

– Ah, claro! – disse o Pai Cerqueira, abrindo o portão e convidando-os a entrar com um gesto educado. Felipe foi até o carro, pegou Max e, seguido pelos passos ressabiados de Irene, cruzou o limiar do portão, onde Pai Cerqueira os aguardava com um sorriso benevolente.

– Desculpa falar – disse Felipe, sem jeito – mas o senhor é bem diferente do que eu tinha pensado.

– Você estava esperando um bronco semianalfabeto?

Felipe baixou os olhos, desenxabido, mas o sorriso não desapareceu do rosto do pai-de-santo.

– A umbanda se sofisticou muito nos últimos anos – explicou, ao mesmo tempo em que os encaminhava para uma edícula branca nos fundos do terreno. – Hoje, ela atrai médicos, professores, psicólogos. Eu mesmo sou físico.

Felipe engoliu o espanto e entrou. Foram recebidos por um par de estátuas em tamanho natural, um casal de índios que ladeavam a porta como sentinelas. O interior da edícula era mais parecido com o que ele esperava de uma tenda de umbanda: imagens de orixás e santos católicos misturados numa promiscuidade sincrética sobre um altar nos fundos da sala, atabaques no canto, velas por todos os lados, algumas acesas.

– Há quem diga – prosseguiu Pai Cerqueira – que isso é ruim, que é uma perda das raízes tradicionais.

– E o senhor, o que acha? – perguntou Irene baixinho, como que temendo ser repreendida por perguntar.

– Eu? – respondeu Pai Cerqueira, abrindo um armário e retirando uma esteira de palha. – Eu faço o meu trabalho.

U

Estendeu a esteira no chão e fez sinal para Felipe deitar Max sobre ela. Felipe obedeceu. Pai Cerqueira voltou ao armário e retornou com quatro velas brancas, que acendeu, com ar compenetrado, nos quatro cantos da esteira. Felipe e Irene observavam, apreensivos.

Pai Cerqueira fechou os olhos, murmurou algo que se parecia muito a uma prece e, com o profissionalismo de um médico, pôs-se a examinar Max. Levantou-lhe as pálpebras e observou as pupilas, abriu a boca do garoto, olhou a garganta. Depois, tornou a fechar os olhos e tomou o pulso de Max, contando em silêncio.

– Medicina tibetana – explicou, vendo a expressão de espanto dos pais. – Tem a vantagem de servir tanto pra doenças físicas quanto pra moléstias espirituais.

– Será que é encosto? – perguntou Irene, assustada.

Pai Cerqueira terminou o exame e se levantou.

– Encosto, eu garanto a vocês que não é.

– Mas então o que pode ser? – agora era Felipe quem perguntava.

Antes de responder, Pai Cerqueira pegou um cigarro do bolso, acendeu, deu uma tragada e só depois de soltar a baforada é que se voltou para encarar os dois.

– Algo que é melhor torcer para que não seja.

Uma vez mais, foi até o armário. Felipe e Irene continuaram olhando, cheios de expectativa.

– Certas entidades são patronos severos.

Pegou uma toalha, uma peneira e uma caixinha. Sentou-se no chão, ao lado da esteira, estendeu a toalha e colocou a peneira sobre ela com um gesto reverente.

– Quero confirmar com Ifá antes de fazer um diagnóstico definitivo.

Abriu uma caixinha, que continha um punhado de conchas pequenas, convolutas, que até mesmo Felipe reconheceu como búzios porque já tinha visto num quadro do Fantástico.

– Mas o que o senhor tá achando que é?

Pai Cerqueira deu a impressão de hesitar antes de responder.

– Receio que a psique de Max esteja presa na Casa do Exu Caveira.

– Minha Nossa Senhora! – exclamou Irene, fazendo o sinal-da-cruz.

– Não é tão grave quanto parece – tranquilizou o babalorixá.

– Não é grave? – um bando de mariposas ouriçadas batia as asas frenéticas nas paredes do estômago de Felipe. – O senhor acabou de dizer que o diabo tá com a alma do meu filho!

Pai Cerqueira colocou os búzios de lado e levantou-se.

– Exu não é o diabo.

– Como, não é o diabo? – perguntou Irene, apontando o dedo trêmulo para um altar de prateleira do lado esquerdo da porta, atrás do índio, sobre o qual se via a imagem de um esqueleto inteiramente negro, de cartola e capa preta, segurando um tridente, a mandíbula arreganhada num sorriso inequivocamente demoníaco. Um letreiro na base da estátua dizia que aquele era o Exu Caveira.

Numa outra prateleira, embaixo dessa, outras estatuetas, menores mas não menos inquietantes. Uma mulher loira, cuja metade esquerda também era um esqueleto, e que o letreiro identificava como Rosa Caveira. Uma criatura com uma cara que era uma carranca, o Exu Carangola. Tatá Caveira, outro esqueleto, este sem capa nem cartola. E João Caveira, que era apenas um crânio branco.

– É a falange do Exu Caveira – esclareceu Pai Cerqueira, vendo para onde Irene apontava. – Mas a identificação de Exu com o diabo é só uma imagem que os escravos pegaram dos colonizadores. Não quer dizer nada.

– Mas se Exu não é o diabo – disse Felipe – quem diabos é Exu?

Pai Cerqueira ajoelhou-se diante da toalha, preparando-se para jogar os búzios.

– Exu é como a umbanda e o candomblé chamam o ponto onde todas as realidades se cruzam.

– Que todas as realidades? – perguntou Felipe, sem entender. – Só existe *uma* realidade. Esta.

– Se você acreditasse mesmo nisso, seu filho estaria num hospital e não aqui – retrucou Pai Cerqueira. E continuou, antes que Felipe tivesse a chance de responder: – Só existe uma realidade concreta, mas muitas realidades em potencial. E antes que este mundo se defina, todos os mundos possíveis encontram-se entrelaçados no que os físicos chamam de "superposição quântica de estados". – Fez uma pausa, antes de concluir: – Esse emaranhamento é a encruzilhada de Exu.

Felipe abriu a boca para falar alguma coisa, mas Pai Cerqueira fez sinal de silêncio.

– Preciso me concentrar para ouvir a resposta dos orixás.

De olhos fechados, levou a mão com os búzios até a testa e rezou em silêncio. Então, sacudiu-os e jogou sobre a peneira. Abriu os olhos, examinou a configuração formada pelas conchas e franziu a testa, perplexo.

– O que eles disseram? – perguntou Felipe.

– É má notícia? – perguntou Irene.

Pai Cerqueira olhava para os búzios com a expressão de quem acabou de receber um telegrama em chinês.

– Exu não quer deixar eles responderem. Diz que...

Mas foi interrompido pela lâmpada do teto, que estourou com o ruído seco de um soco, ao mesmo tempo em que uma rajada de vento soprava pela porta, apagando as velas que velavam pelo sono de Max. Pai Cerqueira estremeceu, Felipe deu um pulo. Ao seu lado, Irene caiu no chão, rolando em convulsões sobre a terra, baba escorrendo pelos cantos da boca. Quando se levantou, era outra pessoa. Os cabelos desgrenhados, o olhar desvairado, os músculos da face contorcidos numa máscara inumana.

– Laroiê, Mojubá! – exclamou Pai Cerqueira, prostrando-se diante de Irene numa saudação reverente.

Felipe olhava, aterrado. Possuída pelo Exu Caveira, Irene foi até o pai-de-santo, o passo hierático de uma divindade caminhando entre os mortais. Erguendo-lhe o rosto com a mão esquerda, declarou, numa voz grossa, rouca, que não admitia contestações:

– O menino é assunto meu!

E desabou desmaiada no chão.

PARTE II

And wasn't it just my fate, to be the prize in
a shooting contest, between the real and its shadow

– Jeff Noon, *Vurt*

א 25

DIZER QUE ELE VOLTA A si seria um exagero.

Max acorda no chão da sala, de bruços sobre o tapete, e mesmo esta afirmação envolve tomar certas liberdades, o que existe é primeiro a inconsciência e em seguida um feixe vago de percepções, a sensação de cócegas no nariz, uma superfície felpuda sob o corpo, um formigamento que sapateia ao longo da espinha dorsal, se espalha pelas omoplatas e daí para os braços dormentes. É só num segundo momento que essas impressões ganham algum tipo de unidade, ainda precária mas já coerente o bastante para que lhe seja aplicado um nome, uma etiqueta de identificação, Max. De fato, é só quando ele recebe um nome que todas as demais coisas também são etiquetadas, pernas, braços, nariz, a superfície felpuda sob o corpo se torna um tapete e o espaço ao redor se coagula no que pode ser chamado de sala. Max soergue o corpo ligeiramente, apoiado sobre as palmas das mãos, os antebraços emitem vibrações dolorosas de protesto, ele ignora e examina o ambiente.

A lembrança é um tapa na cara vindo de parte alguma.

Max senta, amedrontado, se encolhe contra o sofá num gesto rápido, como coisa que isso fosse protegê-lo, e só relaxa um pouco, não muito, ao não ver nenhum esqueleto de capa preta de pé diante dele. Tampouco escuta os latidos do cão, o que é quase tão bom quanto. Reforço adicional para o alívio: ao partir, a entidade, coisa, o que for, levou consigo as velas, não sobrou nem a cera derretida, grudada no chão. Tanto melhor.

Fica de pé, ainda desconfiado, vai que o esqueleto só fingiu ir embora e está escondido atrás do sofá, nos degraus da escada, embaixo do tapete, apenas esperando Max dar sinal de vida para saltar sobre ele e... O quê? Espetá-lo com o tridente? Virar cachorro outra vez e dilacerar o pescoço de Max com as presas? Qualquer coisa de terrível que ele pudesse fazer, teria feito quando Max perdeu os sentidos. Não, ele foi embora, retornou para seja lá qual for o inferno de onde saiu. E, no entanto, deixou para trás uma mudança sutil na atmosfera, uma insinuação de presença, a presença de uma ausência.

O que foi pode voltar. Max não pode sair.

A garganta se contrai, ressecada, precisa beber alguma coisa. Anda até a cozinha com passos de escoteiro, sempre alerta, espia pelo umbral da porta antes de se atrever a entrar, a cozinha parece igual, ninguém ali com exceção de João Caveira, que continua por assim dizer sentado sobre a mesa, impassível, marasmódico, indiferente.

Vai até a pia, abre a torneira, mete a boca na água, a boa e velha agá-dois-ó, nessas horas melhor que cerveja, uísque, vodca, suco, guaraná, apenas hidrogênio e oxigênio, aplacando a sede e limpando a garganta. Enxuga os lábios com as costas da mão, há responsabilidades a serem cobradas.

– Você, hein? Nem pra me avisar.

João Caveira lhe devolve um olhar magoado.

– Ah, não viu nada. Tá certo, faz de conta que eu acredito. Será possível que você é tão cabeça oca que nem se tocou?

João Caveira lhe devolve um olhar ofendido.

– Tudo bem, desculpa pelo cabeça oca, foi sem intenção.

João Caveira lhe devolve um olhar engraçado.

– Na minha testa? Do que é que você tá falando?

Max corre para o banheiro, se olha no espelho, dá um grito.

– Puta que pariu de rodela!

Em sua testa tem um crânio tatuado.

א 26

A TATUAGEM ESCALAVRA SUA TESTA, foi marcado a ferro e fogo, é uma cabeça-de-gado, uma rês desgarrada, um animal a caminho do matadouro. Não, não desgarrado, nem dá para dizer que está a caminho de parte alguma, continua preso por pulsos e pernas ao paredão rochoso da caverna, é a mesma pose do Cristo de bronze que a mãe tinha no quarto quando Max era criança, engraçado lembrar disso agora, não creio que eu vou ressuscitar ao terceiro dia, mas você sabe o que dizem da esperança.

É a última que mata.

As sombras projetadas pelas tochas já não são espectros demoníacos, mas a ossada de criaturas pré-históricas, dinossauros que morreram, se decompuseram e não foram avisados, de modo que, afundados em sua ignorância, ainda se perseguem uns aos outros. Remexendo o caldeirão que borbulha no centro da caverna, Carangola ignora os dinossauros de sombras, mas não a chegada de Max.

– Ah, aí está você de novo – ele diz sem se voltar. – Está quase pronto.

Com a colher de pau, recolhe uma porção do líquido que ferve e oferece-o para Max.

– Quer provar?

Max não responde. Carangola dá de ombros.

– Não sabe o que está perdendo. – Leva a colher à boca, sorve o líquido com volúpia. – Tá ficando uma delícia.

Por baixo da lenha que crepita no forno, Max ouve uma cantoria distante de atabaques. Ele reconhece a música e a reconhece de muitos lugares.

– Eu só quero saber – e seu rosnado faria inveja ao cão negro – quando é que essa merda vai acabar.

– Acabei de dizer – Carangola retruca, com candura. – Quase pronto agora.

– O quê? O quê tá quase pronto agora?

– Esta merda. Não foi o que você perguntou?

E arremata com uma gargalhada que se funde ao bendenguê da madeira.

ℵ 27

MAX DORME NA CAMA DE casal, a testa tão lisa quanto a testa de uma criança. Da tatuagem de caveira, não sobrou nem sinal, e não tem problema, porque Max não se lembra dela mesmo. Rosa para na porta do quarto, observa o rosto adormecido e sorri um sorriso que principia no embevecimento e aos poucos vai se tingindo com reflexos esparsos de malícia. Usa um vestido curto, branco, estampado com flores azuis que a uma mentalidade mais poética evocariam a primavera brotando por entre os escombros do inverno. Ela entra, se inclina sobre a cama e beija Max na testa, no meio da testa.

– Bom dia, meu amor! Vai dormir o dia inteiro?

Max dá um pulo na cama, puxa as cobertas, dá a impressão de que pretende cobrir a cabeça, se esconder, percebe a infantilidade do gesto e desiste.

– O quê?

– Perguntei se você vai dormir o dia inteiro.

– Do que você tá falando?

– Eu já tô de pé há horas. Fiz café, comprei pão, liguei pra mamãe. Ela quer saber se a gente vai almoçar lá domingo.

Max encara Rosa, cabreiro.

– Tua mãe?

– É. Minha mãe, tua sogra. Alô, planeta Terra chamando Max.

Ele pisca os olhos, como um personagem de desenho animado.

– Desculpa, ainda não acordei direito. Tive um sonho...

– Outro pesadelo?

Rosa senta ao lado dele na cama, Max controla o forte impulso de recuar.

– Não sei. Era um sonho comprido, cheio de detalhes malucos. Mas agora tá indo embora.

– Sonhou com o Exu?

Ele se agita de novo.

– Como você sabe?

Rosa suspira.

– Max, eu tô começando a ficar preocupada. Você vem tendo esses sonhos desde que a tua mãe morreu.

– A minha mãe? – Uma mão gigante, invisível, mergulha no peito de Max e esmaga o seu coração entre o polegar e o indicador. – Morreu?

– É melhor você procurar um psicólogo – Rosa diz, séria. – Ou um pai-de-santo.

Max joga as cobertas para o lado e levanta, só de cueca.

– Não preciso de pai-de-santo. Muito menos de psicólogo.

Rosa também se levanta e o enlaça por trás, carinhosa, beijando-lhe o pescoço.

– Então reage, meu amor!

Max se deixa abraçar. Ela continua:

– Tá na hora de sair dessa depressão, voltar pra vida.

– É, tem razão.

Ele se desvencilha de Rosa, abre o guarda-roupa, separa uma camisa e uma calça, meias e cueca.

– Teu chefe ligou ontem, você já tinha ido dormir.

– O Tatá? O que ele queria?

– Saber se você tá em condições de retomar o trabalho. Disse que tem um serviço pra você.

– E você acha que eu devo pegar.

– Não é nem pelo dinheiro, não ligo de sustentar a gente pelo tempo que precisar. Mas você precisa ocupar a cabeça com alguma coisa, não pode ficar nesse luto interminável.

Max empilha as roupas que separou no antebraço e beija a testa de Rosa.

– Então é isso que eu vou fazer. Vou tomar um banho e ligar pro Tatá.

Entra no banheiro, pendura as roupas no gancho atrás da porta e liga o chuveiro. Depois vai até a pia, abre o armarinho, pega a escova de dentes, coloca a pasta. É uma rotina automática, prova de que, apesar do sonho, ele vive uma vida que seu corpo conhece de cor e salteado. Escova os dentes se olhando no espelho. De repente, para de escovar, intrigado. Aproxima a cara do próprio reflexo, olha para a imagem da testa. Sente falta de alguma coisa, não sabe muito bem o quê. Dá de ombros e cospe a pasta na pia.

א 28

Max percorre o corredor silencioso com passos silenciosos, caminha em direção ao quarto à direita da escada, a porta está apenas encostada, ele empurra e é recebido pelas bonecas e bichos de pelúcia que se enfileiram sobre o guarda-roupinha branco, duas Barbies e uma Suzie, um elefante verde sorridente e um panda tristonho, gatos brancos e cachorros vermelhos, um bebê mijão ao qual falta um olho de plástico e uma boneca que sempre diz mamãe, mas agora não diz nada.

A dona do quarto é uma menina de três ou quatro anos, cabelos loiros, pijaminha de flanela estampado com ursinhos sorridentes. Dormia, mas acordou quando Max abriu a porta. Delicadamente, ele se abaixa e beija a testa da criança. Ela sorri.

– Pai! Me conta uma história?

Ele retribui o sorriso.

– História a gente conta na hora de dormir. Não na de acordar.

Ela faz biquinho.

– Mas eu quero agora!

Max senta na beira da cama.

– Tá bem. Que história você quer que eu conte?

– Qualquer uma, menos a da borboleta. Essa já encheu.

Max dá uma risada.

– Vou contar outra, então. É a história de um matador profissional...

Ela interrompe:

– Que nem aquele do filme?

– Que nem aquele do filme – responde Max, sem saber de que filme a filha está falando. – Ele entrou numa casa, fugindo dos homens maus que estavam atrás dele. E aí, quando ele entrou...

* * *

Max entra na cozinha com a menina no colo, Rosa está pondo a mesa para o café. Ele sorri, feliz, o retrato mesmo da harmonia familiar.

– Olha só quem eu trouxe pra tomar café com a gente – anuncia.

Rosa pisca para Max.

– Onde foi que você achou essa coisa feia?

– Na lata do lixo.

A menina ri:

– Mentira! Ele me trouxe do meu quarto!

Max provoca:

– Quem disse que lá é o teu quarto?

– Ué, é de quem, então?

– Do Bicho-Papão!

– Max! – censura Rosa, segurando o riso. – Vai botar medo na menina!

– Eu não tenho medo! – ela protesta.

– Ah, não?

– Bicho-Papão não existe! – diz a menina, segura de si.

– Quem te falou isso?

– O Bicho-Papão – ela responde, e responde numa voz que não é a de uma menininha de quatro ou cinco anos, uma voz cavernosa, densa, a voz que o Bicho-Papão teria se tivesse voz.

Max olha para a garota em seus braços e descobre que está segurando um cadáver semidecomposto. Chocado, larga o corpo, que se estatela no piso da cozinha com um ruído seco.

– Cuidado! – grita Rosa. – Vai machucar a menina!

Max volta-se para Rosa, ela também está mudada, já a viu assim antes, mas onde, metade mulher, metade esqueleto. Ele recua, a cozinha tornou-se repentinamente escura e suja, com um aspecto velho, decadente, as paredes trincadas, a mobília desgastada coberta de pó e teias-de-aranha. O leite sobre a mesa tem um aspecto rançoso, o pão está coberto por uma crosta de bolor esverdeado. No chão, o cadáver da criança se põe a engatinhar na direção de Max.

– Pai, me conta uma história?

Rosa anda até Max, seu passo é lento, hipnótico, vermes escorrem das cavidades entre seus ossos.

– Não vai me dar um beijo antes de ir pro trabalho, querido?

Max grita, a criança morta se aproxima, ele foge para a porta dos fundos, a mulher-esqueleto se aproxima, ele escancara a porta e se detém sobre o umbral, vacilante. A porta se abre para a escuridão, um abismo negro que não é a mera ausência de luz, mas o nada absoluto, trevas que se estendem ao infinito. Ele torna a gritar, um uivo prolongado de dor e medo, até que a escuridão vem e o engole.

א 29

QUANDO A ESCURIDÃO SE DISSIPA, Max vê-se outra vez preso na caverna. Junto ao caldeirão, Carangola observa com um ar satisfeito.

– Agora, sim, tá pronto.

Carangola tira o caldeirão do fogo e o leva até Max.

– Não quer mesmo provar?

Estende o caldeirão, Max olha e, mergulhada na água fervente, vê sua própria cabeça que o encara com uma expressão zombeteira.

Desta vez, Max não grita.

א 30

MAX ESTREMECE E DESPERTA, DEVE ter cochilado enquanto espera. Olha em volta, atordoado, procura se situar. Velhinhos aposentados passam arrastando os pés para lá, crianças pequenas passam correndo para cá. Uma senhora apoiada num andador de aço flutua pela Décio Vilares numa nuvem de rugas e tecido drapejante. Uma babá empurrando um carrinho de bebê esvoaça pela Anita Garibaldi numa minissaia de viscose e ancas rebolantes. Sentado ao lado de Max no banco da praça, há um negro parrudo, de olhos bulbosos e lábios grossos, camiseta velha, branca, com um ponto de umbanda riscado em vermelho.

– Desculpa, eu não queria te acordar – diz Carangola, e então seu rosto, fechado numa carranca, se abre num sorriso de larga ironia. – Mentira. Eu queria te acordar, sim.

Max não responde, Carangola não se abala.

– O Tatá tem um servicinho pra ti.

Tira do cós da calça um envelope pardo, que joga no colo de Max.

– Taí o nome, foto e endereço do cara.

A mão de Max não demonstra a menor intenção de pegar o envelope, que se equilibra em seus joelhos imóveis apenas por força da gravidade.

– Já falei pro Tatá que não to mais nessa vida – ele diz, sem encarar Carangola.

– E ele respondeu que é a última vez.

– Não, Carangola. A última vez foi aquela guria no Leblon. Eu deixei isso bem claro pro Tatá.

– Melhor aceitar. Cê conhece a filosofia do Tatá. Se tu não é a caça...

– ...você é o caçador. – Max suspira, resignado. – É, eu tô sabendo.

Pega o envelope. De repente, ele está sozinho na praça. Max abre o envelope, olha a fotografia e cai na gargalhada. A cabeça de bronze que dá nome à praça reage com um olhar severo em suas feições congeladas. Max não está nem aí para o olhar morto do jornalista morto.

Que diferença faz um morto a mais ou a menos?

א 31

Está feliz por terem pensado nele. A esta altura da vida, não imaginava que alguém fosse lembrar de seu nome, de sua existência, nem os filhos lembraram. Depois que se aposentou, esperaram a primeira oportunidade para desová-lo neste asilo, não aparecem nem no seu aniversário, têm coisas mais importantes a fazer do que pajear um velho babão, qualquer coisa é mais importante do que pajear um velho babão e é claro que isso é tudo o que ele representa para os filhos, um velho babão do qual é mais fácil esquecer. Fica juntando mofo nesta casa de repouso, da mesma forma que seu único livro, esgotado há décadas, acumula poeira no porão de algum sebo, difícil saber qual dos dois, o autor e sua obra, se tornou mais embolorado, alguém quer apostar quem vai se desfazer primeiro? Pois se eu fosse você, apostava no velho, que é barbada, esses ataques de vertigem que vem tendo cada vez com mais frequência, o dr. Carangola não descobriu o que é, mas prenúncio de boa coisa não pode ser, é a morte rondando a porta do seu quarto e que, não contente em esperar, faz o que pode para apressá-lo, anda, velho, arruma as tuas coisas, não tenho todo o tempo do mundo, muitos velhos babões para recolher por aí, para não falar dos doentes, dos acidentes, dos naufrágios, dos soldados, dos bandidos, dos policiais que caem no cumprimento ou não do dever, dos maus nadadores que se afogam na praia, dos bebês que morrem sufocados nos berços, sou uma operária, não fico coçando o saco que nem você, não sou um professor de física, sou a morte e minha foice nunca vai se aposentar.

Mas a morte vai ter que aguardar, alguém se lembrou dele, uma produtora de vídeo, estão produzindo um documentário, quem é que vai ver um documentário sobre física, pouco importa, raios partam, o que conta é que vão produzir um documentário e pensaram nele para dar um depoimento, telefonaram para o asilo, a enfermeira o chamou ao telefone, ou será recepcionista, achou até que fosse engano, viu na cara da enfermeira que ela também achava, atendeu o telefone, ela ficou tamborilando no teclado do computador, atrás de um balcão revestido de fórmica, pois não, é o Max falando, e não havia meio de saber se ela tamborilava porque estava preenchendo um formulário ou apenas destilando a impaciência, companheira inseparável do tédio que assombrava seu rosto, agitava seus cabelos negros como uma brisa na madrugada, escorria feito lágrima de seus olhos gorduchos, e ia se empoçar na covinha do queixo.

Era uma mulher ao telefone, uma repórter. E não, não era engano.

Esta manhã, Max pulou cedo da cama, tomou banho, fez a barba, os pelos brancos quase entupiram o ralo da pia, a enfermeira de rosto gorducho ia ralhar com ele, também cortou as unhas e até aparou os pelos das orelhas, vestiu seu melhor terno, o único poupado pelas traças, foi para o pátio ensolarado e ficou esperando a equipe da produtora chegar. Vieram numa van cinza, o logotipo da produtora na porta, engraçado que à distância o logotipo parecia uma caveira, eram os olhos de Max falhando, embaçando o mundo por dentro e por fora. Da van desceu uma loira bonita, acompanhada de um negro parrudo, ela se apresentou, eu sou Rosa, falei com o senhor ao telefone, este aqui é o meu cinegrafista, o Carangola, Max estendeu a mão, se perguntou se o cinegrafista seria parente do médico que o atendia toda vez que tinha uma crise de vertigem, quem me indicou o senhor foi o seu filho Max, pensou em corrigir o equívoco, Max era ele, não o filho, deixou por isso mesmo, raios partam, pouco importa, só o que contava era que lembraram dele e queriam gravar uma entrevista.

Com uma agilidade que Max não tinha nem nos tempos de juventude, o cinegrafista armou o equipamento em um tempo, dois tempos e metade de um tempo, espalhou uns painéis brancos, disse que eram os rebatedores, abriu o tripé da câmera, montou a câmera sobre o tripé, Max estranhou, não precisa de microfone?, Rosa respondeu que era embutido na câmera, botou ele sentado numa cadeira de vime, sentou em outra, fizeram testes de luz, testes de som, tiveram que parar porque passou um avião e começaram a entrevista, foi falando e se inflamando, ficou espantado de ver como ainda podia falar com paixão sobre o tema ao qual dedicara sua vida, mesmo depois de todos aqueles anos de embotamento e narcose e entorpecimento.

– Não é bem isso. O que a Interpretação de Copenhague prevê é que existem muitas realidades *potenciais* entrelaçadas. Mas, de acordo com a teoria do darwinismo quântico de Wojciech Zurek, ocorre um processo de seleção natural que vai eliminando essas realidades potenciais, até que apenas uma delas emerge como a realidade concreta que conhecemos.

O portão da casa de repouso se abre, um homem entra.

– Mas, professor, – pergunta Rosa – e a Teoria Múltiplos Mundos?

Míope como é, Max não consegue ver seu rosto, mas algo em seus movimentos lhe é familiar.

– A Múltiplos Mundos é uma picaretagem que só os escritores de ficção científica levam a sério...

O homem se aproxima. Nem Rosa, nem Carangola dão a impressão de notar.

– ...uma curiosidade, a ser incluída no museu das bizarrices inspiradas pela mecânica quântica...

O visitante enfia a mão dentro da camisa, tira uma coisa preta.

– ...ao lado da teoria de que é a consciência que cria a realidade e junto com todos esses livros ordinários que tentam misturar física com religião.

Max reconhece os dois e para de falar.

A coisa preta é uma arma.

O homem é Max.

O Max mais jovem entra na frente da câmera, Rosa não vê, Carangola vê e não diz nada. Quem fala é o recém-chegado:

– Já disse que não entendo porra nenhuma do que eu tô falando.

E atira.

Com um esgar de dor, o velho Max leva a mão ao peito, que se enche de sangue. Rosa grita:

– Professor! Professor! O senhor está bem?

Não, sua cretina, pensa Max, não está vendo que eu levei um tiro? Rosa se debruça sobre ele, abre o único terno que as traças pouparam, massageia o seu peito e, de seu ponto-de-vista que começa a escurecer, o velho vê Carangola acenar para o outro Max num gesto de muda aprovação.

א 32

Não posso continuar, preciso continuar.

A verdade, ele pensa, é que eu perdi o tesão pela história – de novo. É sempre assim que acontece e já aconteceu pelo menos meia-dúzia de vezes, a memória do computador atulhada pelos cadáveres de fetos mal-formados que nunca chegar*am*/*ão* a nascer. Sentado no escuro do escritório, a proteção de tela do computador dardejando relâmpagos prateados em suas faces, ele se pergunta porque insiste em tentar de novo, outra vez, uma vez mais e novamente, sabendo de antemão que o jorro inevitavelmente estancará por volta da página cem, dez páginas a mais, dez páginas a menos, os personagens que conjurou imobilizados no limbo, os olhos esbugalhados e as bocas torcidas no ricto desesperado que somente os fantasmas são capazes de exibir, uma dor que não se pode chamar de existencial porque vem de criaturas que não existem totalmente, que brota das entranhas de uma encarnação incompleta, possibilidades parcialmente concretizadas, nem reais o bastante para tomarem corpo na página, nem irreais o suficiente para se dissolverem no poço da memória. E a cada destino que ele traça e abandona com seus dedos incompetentes de demiurgo, a cada semivida que deixa pendurada num pseudomundo desprovido de consistência ontológica, pressente que em algum lugar ao qual não tem acesso há uma dívida cármica que não cessa de não se escrever e pela qual terá de prestar contas diante de Maat ou Anúbis, diante de um anjo de Deus com uma balança na mão, suspenso entre a Jerusalém Celeste e um lago de fogo e enxofre, ou então diante dos Senhores do Karma que contabilizam suas ações, ou a falta delas, com pedrinhas coloridas jogadas a esmo no chão impalpável do bardo.

Preciso continuar, não posso continuar.

Toca a superfície do *touchpad* com a ponta do indicador, o *screensaver* desvanece e em seu lugar a tela se ilumina com as últimas palavras que escreveu, o ponto final do romance, que não é o ponto final do romance, mas o ponto final de seu autor. Estende a mão para o maço que repousa ao lado do notebook, acende um cigarro e, enquanto paga mais uma parcela de seu suicídio a prestação, as pupilas tentam abrir espaço em meio ao emaranhado de letras que se superpõem diante de seus olhos sem forma e vazios:

Com um esgar de dor, o velho Max leva a mão ao peito, que se enche de sangue. Rosa grita:

– Professor! Professor! O senhor está bem?

Não, sua cretina, pensa Max, não está vendo que eu levei um tiro? Rosa se debruça sobre ele, abre o único terno que as traças pouparam, massageia o seu peito e, de seu ponto-de-vista que começa a escurecer, o velho vê Carangola acenar para o outro Max num gesto de muda aprovação.

Rosa, claro. Livro após livro, é sempre Rosa. Se algum desses romances chegasse a ser publicado, se algum desses romances chegasse a ser terminado, será que os críticos se dariam ao trabalho de interrogar a reiteração do nome? Buscariam associações simbólicas, pensariam em Romeu e diriam que, mesmo com outro nome, uma rosa teria o mesmo perfume? Ou iriam para a simbologia cristã, as alegorias esotéricas, a anagogia dos místicos, a rosa como representação da Virgem Maria, a *prima materia*, a rosa e a cruz? Este outro eu, este romancista bem-sucedido que talvez exista em alguma dimensão paralela, seria merecedor de exegeses e comentários, "O Significado da Rosa na Obra de Fulano", "Desconstrução da Rosa nos Romances de Sicrano", "Beltrano e a Rosa"? E será que algum desses argutos intérpretes conseguiria abrir caminho por entre a maçaroca de hipóteses engenhosas e descobrir a explicação mais simples, a explicação verdadeira?

Rosa é o nome de sua ex-mulher, e mais nada.

Não posso continuar, diz em voz alta, que diferença faz, não tem ninguém ali para ouvi-lo falar sozinho e se tivesse ele obviamente não estaria sozinho. Traga o cigarro, sente um gosto amargo, vê que o fumo chegou ao fim e que resta apenas o filtro sujo entre os dedos amarelados. Seus devaneios de sucesso numa realidade alternativa flutuam no teto do quarto junto com a fumaça que já começa a se dissipar. Apaga a bituca do cinzeiro e levanta, preciso de um café.

Sai para o corredor, seu escritório fica no quarto do meio, o quarto que omitiu da descrição quando resolveu usar sua própria casa como cenário, quando decidiu dar seu próprio nome ao protagonista. E já que tirou a noite para se fazer perguntas, pergunta-se sobre o porquê da omissão.

Na cozinha, sacode a garrafa térmica preta, ouve o líquido chacoalhar, ainda tem um restinho do café que fez hoje de manhã, ótimo, porque não ia ter saco de passar um café novo, esse já deve estar morno, até mesmo frio e tudo bem porque mesmo gelado contém cafeína, a companheira ideal para a nicotina que acabou de inalar. Lady Nicotine e Miss Cafeine, as amantes lésbicas que trepam no seu sangue e vão continuar trepando até o coração de Max explodir, imagina se Rosa vai ao seu enterro e lembra de uma piada tão velha quanto o café, tão amarga quanto o filtro do cigarro.

O marido pergunta à mulher, você vai chorar no meu enterro? A mulher responde distraída, claro, você sabe que eu choro por qualquer merdinha.

Limpa uma gota de café do lábio superior, põe o copo de volta a seu lugar junto ao resto da louça que se acumula sobre a pia, a empregada só vem depois de amanhã, e toma uma decisão. Ele vai morrer e não vai demorar, vai morrer porque não tem nada que o impeça, nada que o prenda, vai morrer e está pouco se lixando, mas antes de morrer vai terminar o romance, mesmo que fique uma merda e ninguém leia e o manuscrito seja deletado da memória por quem quer que herde o computador, possivelmente Rosa, ainda assim vai terminar, tem que levar alguma coisa até o fim nesta porra de vida, ele pensa, preciso continuar.

Abre a porta do escritório e surpreende-se ao ver que tem alguém sentado na cadeira.

– Quer saber? – diz o Max assassino ao Max escritor. – Eu prefiro romance policial.

Uma explosão de vermelho colore as letras pretas sobre fundo branco.

א 33

NESTE MUNDO, O IMPÉRIO NUNCA acabou e Max é o miliciano Maximilianus, membro da Cohorte Vigilum e um dos encarregados pelo patrulhamento das ruas do Sector Meridianum da urbe de Rivus Januari, a segunda cidade mais populosa de Continens Australis. Não é, claro, o único patrulheiro da região. O Sector Meridianum é dividido em quadrantes, e a parte que lhe cabe nesse latifúndio é o quadrante que vai de Loco Incendia a Lacuna Rodericum. Todas as noites, ele percorre as vias do lote que lhe foi designado em um *autocinetum* vermelho, com o estandarte da Cohorte Vigilum, pintado num branco fosforescente, tremulando sobre a capota. É um trabalho solitário, mas por isso mesmo agrada a Maximilianus.

Estamos no vigésimo nono dia do mês de Martius, no ano 2762 *ab urbe condita*. Dies Solis. Não que o Sol seja visível na terceira vigília da noite, quase no final do turno de Maximilianus. Ele já está a planejar o futuro imediato, pergunta-se se irá direto para casa ou se passa antes no Ptochotropheum McDonaldum de Ipanæma, que fica aberto vinte e quatro horas. Não é muito fã dos lanches de McDonaldum e odeia o *ridicularius* que simboliza a cadeia de lanchonetes, mas sua fome não é grande o bastante para uma refeição completa e, de qualquer forma, é sempre uma chance de trocar algumas palavras com Rosa, a garçonete noturna que ultimamente tem se tornado uma presença constante em seus sonhos eróticos e devaneios masturbatórios.

Devaneios estes que são interrompidos, antes mesmo que Maximilianus possa se entregar a eles, pelo crepitar de estática do *radiophonium*. Tiros na Via Marchense Olindanum, em Loco Incendia. Merda, o sanduíche em Ipanæma servido por Rosa vai ter que ficar para depois. Maximilianus pega o primeiro desvio, manobrando o volante com a mão esquerda, a mão direita tecla o endereço no painel do *datorum ordinatrum*. Ao terminar de dobrar a esquina, a informação já pisca no *monitorium*. O *domicilium* pertence a um *scriptor* que, curiosamente, também se chama Maximilianus.

Estaciona o *autocinetum* em frente à casa, o lugar parece tranquilo, até mesmo abandonado. Luzes apagadas, garagem vazia, um quintal coberto de poeira acumulada e folhas secas que se esparramam com a confiança de quem não espera ter que enfrentar a oposição de uma vassoura. Mesmo assim, antes de descer, Maximilianus confere a *ballista*, para ver se está carregada. Toca a *campanina*, espera, ninguém responde. Melhor entrar. Salta a *sæpe*, a barra do saiote fica presa na grade e, quando ele se desvencilha, é a *galea* que lhe cai da cabeça, o penacho vermelho varrendo o chão empoeirado.

– *Damnatum sea* – ele pragueja, correndo atrás do capacete.

Recomposto, mão na coronha da *ballista*, aproxima-se da porta, que está entreaberta. Lá dentro, reina a escuridão. Toca o peitoral, o facho do *luminarum* revela a típica residência de um patrício não muito rico, a sala dominada pelo enorme *scrinium televisivum* desligado, o inevitável *gramophonium* escoltado por uma respeitável coleção de *disci compactum*, uma estante repleta de *libri* que um cidadão menos letrado teria enchido de *adorni* vagabundos e, finalmente, o *lectus* onde o *dominus* se acomodaria para desfrutar disso tudo. No entanto, não há ninguém reclinado sobre o *lectus*, a não ser um pequeno *cranium* de *plasticum* que, de qualquer forma, não teria como se reclinar.

Depois de examinar o *triclinium* e constatar que se encontra igualmente vazio, Maximilianus decide verificar o andar de cima. Sobe os degraus do *scalarum* com cautela, controlando o impulso de sacar a *ballesta* e sair atirando, só para quebrar o silêncio opressivo do lugar. Vai ver foi isso o que aconteceu, pensa. Quem quer que tenha feito o disparo que ocasionou o chamado deve ter enlouquecido com a mortalha em volta da casa, resolveu fazer barulho só para provar a si mesmo que não tinha ficado *surdus et cæcus*.

Mas o atirador maluco não se encontra à vista, nem no corredor, nem no *dormitorium* de casal no final do corredor e, de qualquer forma, a teoria de Maximilianus explode como uma bolha de sabão quando ele entra no *scriptorium* e depara com o cadáver, a cabeça caída sobre a *claviatura*, a mancha de sangue brilhando com a luminosidade que emana do *monitorium* ainda ligado.

– *Caro data vermibus* – murmura Maximilianus, contrito.

Pensa se não é melhor ligar para a *cohorte*, notificar o crime, pedir reforços. Mas decide investigar um pouco mais antes, para fazer um relatório mais completo, pelo menos certificar-se de que o homem morto é de fato, como parece ser, o *scriptor*. Retira do cinturão um par de luvas, não vai querer contaminar a cena do crime e, depois de calçá-las, ergue com cuidado a cabeça do defunto, apenas para largá-la sem nenhum cuidado, que o susto não permite tais escrúpulos.

O *scriptor*, se do *scriptor* se trata, não tem apenas o nome igual ao de Maximilianus.

Seu *rostrum* também é o *rostrum* de Maximilianus.

– Cuidado com os Idos de Março – diz uma *vox* atrás do soldado.

E, com uma *explosionem* e um *extronotu*, o mundo de Maximilianus deixa de existir.

$\aleph_{34}$

Nesta empiria, o mundo acabou e Max faz o que pode para sobreviver entre as ruínas de uma São Paulo destruída pelo Grande Bombardeio de 1970. Oficialmente, o Brasil nunca chegou a se envolver na guerra mas, como alinhara-se à União Soviética desde a revolução comunista de 64, era visto pelos americanos como inimigo, e um inimigo que ocupa quase todo o quintal da tua casa é um inimigo que você vai querer derrubar na primeira oportunidade. E se você ainda puder aproveitar a ocasião para testar o impacto de seus recém-desenvolvidos mísseis taquiônicos, tanto melhor. Hiroshima e Nagasaki, afinal, já tinham aberto um precedente. Que os soviéticos não tenham gostado muito disso e partido para uma retaliação maciça foi um acidente de percurso. Que a mútua destruição assegurada tenha transformado quase todas as grandes cidades do planeta em terrenos baldios cobertos por uma nojenta névoa esverdeada de táquions que nunca se dissipa, fazer o quê, são ossos do ofício.

Tudo isso é história antiga. Para este Max, São Paulo sempre foi uma carcaça apodrecida, e ele – que mora com os pais em um barraco na periferia da zona norte – não passa de um carniceiro entre tantos outros, que ganham a vida explorando a cidade devastada e retornando com quaisquer despojos que ainda possam valer alguma coisa no mercado negro. Seu pai fora um carniceiro antes dele, até que a neblina lhe reduziu o cérebro a uma pasta esverdeada de onde só brotam alucinações e uma algaravia sem sentido. Agora, o pai de Max passa o tempo todo trancafiado em seu quarto, entretido em intermináveis colóquios com as máquinas-elfos que constróem os discos voadores. Ninguém sabe sobre o que versam esses colóquios, uma vez que tanto as máquinas-elfos quanto o pai de Max falam uma língua própria, que só eles entendem. A mãe de Max não pode trabalhar porque é obrigada a cuidar do marido. O único sustento da casa são os caraminguás que Max descola em suas visitas semanais ao centro de São Paulo. Suas expedições são sempre solitárias. Muitos carniceiros preferem trabalhar em bandos, mas Max é um lobo da estepe.

Parte dos motivos para essa opção é o fato de que, como filho de carniceiro, Max foi concebido, gestado e nascido sob o signo da neblina verde. Não foi só do cérebro do pai de Max que os táquions cobraram seu preço. Partículas que se deslocam para trás no tempo a uma velocidade maior do que a da luz não se imiscuem com o processo de embriogênese sem deixar um rastro de efeitos e uma trilha de defeitos. A maioria dos filhos do táquion nem chega a nascer. O campo morfogenético não tem coesão suficiente e o feto se desintegra num monte de pedaços de carne e sangue que são expelidos pelo canal vaginal como um aborto, às vezes levando a mãe junto. Dos que nascem, cerca da metade morre antes de completar um ano. Os demais são quase todos monstrengos deformados, aberrações com quatro braços e três olhos ou nenhum braço e três pernas ou duas cabeças ou troncos sem cabeça. Max é um dos raros afortunados que nasceu praticamente sem qualquer anomalia visível, exceto pela ausência de pelos, e com um organismo que é funcional para todos os fins práticos, a não ser os de natureza sexual. O que não faz muita diferença, já que o corpo pelado anuncia aos quatro ventos que ele não é um bom partido para garotas que pretendam ter filhos saudáveis. Por mais humano que pareça, as pessoas preferem manter distância, como preferem manter distância de todos os demais mutantes. Imagina se elas soubessem que Max às vezes se desmaterializa.

Desmaterializar não é bem o termo. O que acontece é que, de vez em quando, sem aviso prévio, Max e o mundo ficam fora de fase. Por uma fração de segundo, Max é cancelado da existência. É tão rápido que, se você piscar, nem vai perceber. Max, porém, percebe. De repente, quase como um soluço, o cenário vira um borrão indefinido, a consciência de Max se transforma numa poça liquefeita e ele já não é. Depois volta a ser. Ocasionalmente é uma mão na roda porque, quando está fora de fase, Max pode atravessar paredes. Uma ou duas vezes, foi assim que ele conseguiu botar as mãos em algum item vendável que de outra forma lhe seria inacessível, um colar de ouro trancafiado no cofre de um banco ou um vestido chique, quase inteiro, caído no fundo de um buraco. Ocasionalmente é um perrengue porque, quando volta a entrar em fase, Max pode se ver preso numa biboca sem saída e precisa esperar outro soluço para conseguir escapar. Mas em geral é só um aborrecimento sem grandes consequências, não pior do que um espirro. Ou um soluço.

– Eu tinha um amigo que era físico.

Max leva um susto ao ouvir a voz. Ele está subindo a Frei Caneca em direção à av. Paulista. Durante os primeiros anos, na época do pai dele, a Paulista era um dos melhores terrenos de caça, com todas aquelas lojas cheias de coisas bacanas só à espera de serem colhidas. Atraía hordas de carniceiros, que podiam ser vistos trepando nos escombros, se embarafustando nos buracos a que as galerias de outrora se viram reduzidas, empurrando carrinhos de mão cheios de roupas, eletrodomésticos, até remédios e alimentos que, mesmo contaminados, sempre podiam ser vendidos para um otário que não sabia de onde eles vinham. Mas esses bons tempos pertenciam ao passado. Agora, a av. Paulista é um campo estéril, território esgotado, mas Max gosta de passar por lá de vez em quando e de ficar imaginando como ela seria antes do Grande Bombardeio, quando os prédios estavam intactos e não havia neblina verde. Outra coisa que o atrai é a tranquilidade sepulcral. Depois que os carniceiros a abandonaram, raramente se vê mais alguém por aqui. E é por esse motivo que Max se sobressalta com o homem encarapitado sobre um amontoado de concreto cinza, os pés balançando diante de uma placa retorcida onde ainda se pode ler o nome da rua, Peixoto Gomide.

– Pra falar a verdade, não acho que ele me considere como amigo. Não depois que eu matei ele.

O homem se levanta, sacode a poeira e desce até o chão com um pulo. O homem segura um revólver. O homem é Max. Com cabelos e sobrancelhas, com o vulto de uma barba mal-feita, mas indiscutivelmente Max. E é esse detalhe que faz o carniceiro entender. Finalmente aconteceu. Seu cérebro virou uma pasta esverdeada como o do pai. O pai de Max conversa com as máquinas-elfos e Max conversa com um Max armado. Cada qual com sua alucinação favorita.

– De qualquer forma, sabe o que ele diria? Que tudo isso aqui – o Max armado faz um gesto amplo com o cano do revólver – é um monte de bobagem.

– Tudo isso o quê?

– Essa merda que você chama de mundo. Campos de táquions não existem. Se existissem, não seriam visíveis. E se fossem, não seria como uma gosma verde nojenta.

O Max armado chega perto do Max careca, que recua instintivamente.

– E além disso, é deprimente que só a porra. Fala a verdade, cê devia era me agradecer pelo que eu vou fazer.

– O quê?

O Max armado levanta o revólver.

– Diacho de pergunta mais besta!

O Max armado aperta o gatilho. E é nessa hora que o Max careca sai fora de fase. A bala passa através dele e vai se perder do outro lado da rua.

– Ê buceta galopante! – rosna o Max armado.

O Max careca se aproveita da surpresa para fugir. Salta por cima do amontoado de concreto e corre para a antiga Peixoto Gomide. Ouve um segundo disparo e reage aliviado, está longe demais para que o outro consiga fazer uma mira decente. Chegando na Augusta, ele pode despistar o Max armado em meio ao labirinto de ruínas dos prédios. Mas não chega a ir muito longe. O bloco de concreto o acerta na nuca, esmigalhando-lhe o crânio e fazendo seus miolos espirrarem sobre o asfalto.

Os miolos são verdes.

ℵ 35

MAX TEM A VAGA LEMBRANÇA de que ele e Rosa treparam no quarto de Alex e a lembrança ainda mais vaga de que os dois foram embora logo depois, seguida por algo tão vago que nem sequer pode ser chamado de lembrança, como a recordação de um sonho que se esvai, deixando atrás de si a impressão evanescente de um rastro de espuma que se desfaz no oceano, algo a ver com uma emboscada e uma perseguição e uma casa. No entanto, a festa continua, ele continua na festa e Rosa continua com ele. É o k-hole, claro que é, só pode ser o k-hole embaralhando o tempo e o espaço dentro de seu cérebro de per si já tão embaralhado. De qualquer forma, há uma questão ainda mais importante a ser esclarecida, uma questão por assim dizer vital, e é melhor esclarecê-la logo, antes que a casa caia para Max.

– Por que você não me disse que era namorada do Tatá?

Rosa dá a impressão de que Max foi abduzido por alienígenas na frente dela e substituído por um monstro de olhos esbugalhados, cuja aparição ela considera com um misto de perplexidade e candura.

– Mas eu não conheço nenhum Tatá.

A campainha toca, ou isso também faz parte das alucinações do k-hole?

– Não se faça de sonsa! Hoje à tarde, ele mandou uns caras me darem uma prensa.

Foi mesmo hoje à tarde? Foi mesmo uma prensa? A campainha torna a soar com insistência, dentro ou fora da cabeça de Max.

– Eu não sei do que você tá falando.

Deve ser fora, porque Alex se encaminha para a porta.

– E se ele ficou puto comigo e me forneceu quetamina adulterada só pra se vingar?

– Fácil, ué. É só não tomar.

– Agora é tarde.

Ou será que não é? Com o rabo do olho, Max vê Alex abrir a porta e fazer uma cara de surpresa. O motivo do espanto fica claro quando o recém-chegado entra e Max vê que o recém-chegado é Max.

– Max? – exclama Alex. – Mas você não tava...

É um Max dez anos mais velho, mas inconfundível; até a cicatriz no lado esquerdo do rosto é a mesma, um Max que não deixa Alex completar a frase, empurra o anfitrião para o lado, a grosseria em pessoa, e avança para o Max mais jovem e enfia a mão dentro do paletó e o Max mais jovem não espera para ver o que ele vai sacar, o Max mais jovem sai correndo para dentro da casa, o Max mais velho segue em seu encalço, passa por Rosa, não vê que Rosa sorri.

O primeiro Max se enfia no quarto de Alex, o mesmo quarto onde ele talvez tenha trepado com Rosa, passa o trinco na porta, o segundo Max esmurra a porta, o lobo mau encarnado.

– Me deixa entrar, senão eu vou derrubar a porta!

– Vai embora! Você é só uma alucinação da quetamina!

– Se eu sou só uma alucinação, por que é que você tá com medo?

– Porque você é só uma alucinação, mas tá com uma arma.

O Max mais velho não tem como contra-argumentar diante dessa lógica impecável, mas não é por isso que vai jogar a toalha.

– Quanto mais depressa você abrir, mais rápido a gente acaba com isso.

Nenhuma resposta lhe chega do lado de dentro do quarto. Tanto melhor, ele está cansado, não tem tempo para conversa fiada, já eliminou muitos Max e restam outros tantos por eliminar, encosta o cano da arma na fechadura e atira. Ela voa longe, bate na parede e desaba no piso com um tilintar de protesto que o segundo Max não perde tempo em ouvir. Empurra a porta com um chute e entra. Esquadrinha o quarto vazio, espia dentro do guarda-roupa, embaixo da cama, sente um vento frio batendo em suas costas e se dá conta da janela aberta para a noite lá fora.

Parte dos convidados se jogou no chão, outra parte debandou para a porta, Alex está encolhido atrás do sofá. A janela da sala corre para o lado, ele dá um pulo, é Max que entra, veio se esgueirando pelo parapeito, Alex o intercepta.

– Que caralho tá acontecendo, Max? A gente ouviu um tiro!

– Vocês entraram no k-hole comigo!

O primeiro Max sai pela porta da frente no mesmo instante em que o segundo Max entra pela porta dos fundos.

– Que caralho tá acontecendo, Max? A gente ouviu um tiro!

– E vão ouvir outro se não sair da minha frente!

Alex se afasta, ninguém discute com um homem armado, os convidados que ainda não se mandaram ficam na deles, Rosa não está à vista e o segundo Max deixa o apartamento pela mesma porta que o primeiro acabou de atravessar.

Eu quero me matar, pensa Max, o estudante de filosofia. E não estou falando de suicídio. Os degraus da escada do prédio de Alex são borrões indistintos que passam voando sob os seus pés. O que está acontecendo? A placa indicando o quarto andar, o número 4 num vermelho reluzente sob a luz amarelada que banha a escadaria, atravessa a extremidade do seu campo visual como um relâmpago. Não pode ser só o k-hole. Ele nunca tinha experimentado quetamina antes, mas não precisa ser nenhum gênio da bioquímica para saber que não há droga no mundo capaz de produzir alucinações compartilhadas. E eles também viram o outro Max, não viram? É a vez do luminoso do terceiro andar fazer sua entrada no palco, tremeluzir brevemente e tornar a sair pelo proscênio. A não ser, claro, que eles também façam parte da alucinação. Dois ou três andares para cima, ele ouve o galope desembestado de seu perseguidor. Mas se é tudo parte da alucinação, então a quetamina também é parte da alucinação e, neste caso, quando foi que a alucinação começou? O segundo andar escuta sua pergunta, considera a resposta e, quando admite que não tem nada a dizer, também é deixado para trás. E isso nem é o pior, pensa Max, o estudante de filosofia. Ele chega ao primeiro andar, onde é saudado com um grito de *para, filho de uma puta*. O pior mesmo, último lance de degraus, é que eu não sei, cinco degraus, se o outro Max, quatro, é a minha alucinação, três, ou se eu, dois, é que sou, um, a alucinação dele.

Térreo.

O jovem Max se joga contra a porta, uma dor do caralho lacera o seu ombro direito, ele cambaleia pelo saguão, o prédio de Alex não tem porteiro noturno, maior perigo, onde é que fica a porra do interruptor que destrava o portão, o Alex disse que é um botão verde, o outro Max vem chegando, se eu não achar logo não preciso achar mais, o outro Max sabe muito bem qual botão tem que apertar, é o botão do gatilho, e o que ele vai abrir não é o portão, é um buraco na cabeça deste Max, que olha para os lados, desesperado, as paredes lisas exceto pelo papel de parede brega, florido, quem foi o imbecil que escolheu um papel de parede com estampa de cravos-de-defunto, ali está, um pequeno círculo verde, escondido atrás do pé de samambaia, isso lá é lugar?, a porta de ferro que dá para a escadaria se abre com um estrondo, o Max mais velho desponta no fundo do corredor, grita, o Max mais jovem pressiona o interruptor, o portão de ferro que dá para a rua se abre com um estrondo, o estrondo se confunde com o estampido da arma, o tiro passa triscando pela cabeça do jovem Max, o jovem Max passa triscando pelo portão, o portão torna a fechar, é a vez do outro Max perder segundos preciosos procurando pelo botão.

– Qualé, Max, não cumprimenta mais os amigos?

É uma voz conhecida, mas que o jovem Max não reconhece. O dono da voz sai de uma viela escura, atrás dele vem uma renca, meia dúzia de tipos, um mais mal-encarado que o outro. O dono da voz é uma carranca negra, fechada, o nome do cara é Carangola, este Max lembra de repente, mas não lembra de onde lembra. Carangola barra o seu caminho, Max tenta escapar pelo outro lado, apenas para se ver cercado pelos capangas de Carangola no mesmo instante em que se ouve o estalido do portão do prédio de Alex e o outro Max, o Max mais velho, sai para a calçada.

– Aí, Max! A gente apanhou um peixe pra ti – berra Carangola. – Depois não vai dizer que não somos amigos...

O jovem Max vê a fresta estreita de uma oportunidade, aproveita a distração momentânea de Carangola com a chegada de seu duplo e lhe enfia um portentoso chute no saco, que também apanha os outros de surpresa. Carangola cai de joelhos no calçamento cinza, mãos na virilha, o rosto contorcido numa carranca ainda mais feia que sua expressão habitual. Antes que os demais possam reagir, o jovem Max sai a pinote, ainda consegue ouvir o gemido de Carangola às suas costas.

– Porra, chute no saco é covardia...

$\aleph_{36}$

Carangola que se dane, foi ele quem meteu Max neste imbróglio para início de conversa, o desinfeliz bem que merece o chute que levou no saco, Max só lamenta não ter sido ele próprio a desferir o golpe. O problema é que Carangola de joelhos e a trupe que o cerca atravancam a passagem, até Max contorná-los o outro Max, o Max mais jovem, já ganhou uma bela de uma vantagem. Ele imprime às pernas o máximo de velocidade que consegue, mas ainda está cansado da correria que foi descer as escadas, pelo menos nesse ponto os dois Max estão empatados, dá pra ver que o outro Max também está botando os bofes pra fora, só que o outro Max é igualmente o Max mais jovem, o Max que ele sonhou quando sonhou que era um estudante de filosofia, e sonho ou não, dez anos fazem uma puta diferença, uma diferença puta o bastante para que o filho da respectiva consiga dobrar a esquina antes que Max o alcance, ele tonitroa um *merda* que reverbera de frustração e escuta Carangola e seus miquinhos amestrados se aproximando, não para pra esperá-los, Carangola que se dane.

A nova rua tem um nome, a placa azul com letras brancas assevera que o nome é Bambina, faz pensar numa bicha italiana, um travesti que se apresenta nos cabarés de Roma fazendo imitações de Liza Minelli, senta no colo do público e desliza uma estola de pele pelas dobras dos pescoços na tentativa de laçar um marido rico pelo pênis, e o que isso tem a ver com a rua vazia?, não tem nada a ver com a rua vazia, são só coisas que passam pela cabeça da gente, pensamentos ociosos que se aproveitam do fato de que nossa atenção está em outro lugar, na ausência de vultos fugitivos, na evidência incontestável de que o homem que ele persegue conseguiu se evadir, o homem que ele teria sido numa outra realidade, uma outra realidade que não virá a ser porque Max não vai deixar.

Mas, para isso, precisa descobrir onde é que o desgraçado se escondeu.

A garganta dói, vibra, se contrai. Não estava doendo antes, quando ele estava na festa, será que é câncer? Culpa dos malditos cigarros, bem que a mãe dele falou que o ministério da saúde advertiu que fumar causa câncer na garganta, um argumento que ela, a mãe, e ele, o ministério, costumavam ilustrar com uma foto horrenda de um sujeito esquálido, cabelos desgrenhados, a faringe destruída pelo cigarro, supostamente obrigando-o a falar por meio de um aparelhinho que o deixava com a voz do Darth Vader. Será que ele também vai ficar com a voz do Darth Vader? É boa essa, uma versão mais velha dele mesmo o persegue com o objetivo declarado de destruir-lhe bem mais do que a faringe e ele reage com um ataque de hipocondria. Ainda mais estúpida porque, falando com toda a sinceridade, o jovem Max não fuma, quem fuma é o outro, ele o lembra ansioso pela falta de cigarros do tempo em que os dois estavam (con)fundidos no mesmo sonho. Ótimo, o outro que morra com o peito todo escangalhado, melhor para mim. A dor na garganta deve ser culpa do golpe de ar que ele tomou quando saiu do prédio fechado para o frio da noite, choque térmico, bem que a mãe dele falou que choque térmico faz mal pra saúde. Evidentemente, não tanto quanto um balaço no cachaço, o que o traz de volta a suas necessidades imediatas. Para desfrutar de boa saúde é preciso estar vivo, o que, neste momento, implica em encontrar um meio de fugir ou um lugar para se esconder, o que vier primeiro.

O que vem primeiro é um táxi amarelo ovo, prova de que está no Rio de Janeiro, Max ainda não consegue entender como pode estar no Rio de Janeiro se tanto ele quanto Alex estudam filosofia na USP e a USP fica em São Paulo, um dado tão fundamental da realidade que nem sequer o k-hole seria capaz de bulir. Pouco importa, o que importa é que tem um táxi vindo na direção dele, é um fusca, faz muito tempo que não vê um fusca rodando na rua, o vidro fumê não lhe deixa perceber se o carro está ocupado, mal consegue discernir o vulto do motorista em meio às sombras. Faz sinais frenéticos, não se contenta em estender a mão, balança os dois braços de um lado para o outro, pula na calçada, espera comunicar a urgência do instante, o táxi precisa parar e ele precisa entrar e o táxi precisa ir embora antes que o Max mais velho desponte no horizonte. Entre um espadanar do braço e outro, cai a ficha de que o gesto talvez comunique a impressão errada ao motorista, talvez o deixe receoso, com medo de assalto, rua vazia em plena madrugada, decerto é por isso que o táxi não pisca os faróis, não diminui a velocidade, passa por ele e Max ainda não consegue ver direito em meio às sombras do vidro fumê, mas tem quase certeza de que o vulto do motorista parece um esqueleto.

Ele não tem tempo de experimentar a frustração que se segue em toda a sua plenitude, é hora de passar para o plano B, o que seria consideravelmente mais fácil se Max tivesse um plano B. A frustração é desalojada pelo pânico, uma pressão tão forte na boca do estômago que até a dor na garganta se cala diante da nova musa que se alevanta.

O plano B pula na frente de Max sob a forma de uma casa.

Luzes apagadas, garagem vazia, um quintal coberto de poeira acumulada e folhas secas que se esparramam com a confiança de quem não espera ter que enfrentar a oposição de uma vassoura.

Max nunca arrombou uma casa antes, mas a invenção é filha bastarda da necessidade e a grande questão não é se vai conseguir entrar, mas se vai conseguir entrar sem deixar um rastro que leve Max até ele.

– Caceta, com tanta casa pra se esconder, ele tinha que entrar justo nessa?

Pasmado, parado na calçada, incrédulo, o muro tão fácil de pular, uma armadilha que já o arrebanhou doutra vez e que torna a lhe acenar, agora com a promessa de libertação como isca, alguma vez chegou sequer a sair da casa? Suspeita que ela se estenda por todo o mundo mundo vasto mundo, o planeta inteiro é o quintal da casa, o planeta não, o universo, o Sol não passa do lustre dependurado no teto da sala, quem seria capaz de prever que seus retos corredores e planta baixa tão convencional, tão pequeno-burguesa, poderiam se revelar tamanho labirinto ontológico. Não, espera, isso aí não é meu, *ontológico* é o tipo de merda complicada que só um estudante de filosofia com suas masturbações intelectuais, parte da contaminação que ele precisa expurgar, *expurgar* será que é dele? Tanta incerteza lhe enche o saco, quer voltar para o mundo real, a única maneira de voltar para o mundo real é voltar a ser real, sombras só podem habitar um mundo de sombras, tudo isto ele vê num relance, como também lhe parece lógico que uma sombra se torna real apenas quando elimina as demais sombras, foi o que Carangola explicou ao encarregá-lo da tarefa, Max pode não morrer de amores por Carangola mas não crê que ele esteja mentindo, não neste ponto pelo menos.

– É a vida, Max, meu velho – diz Carangola, chegando com sua escolta, lépido e fagueiro, nem parece que levou um pontapé nos testículos. – A gente sempre volta pros mesmos lugares.

Max não responde, vai falar o quê? A perspectiva de pular o malfadado muro de novo é um bafo gelado que sopra sulcos em seu sangue, vai fazer o quê? Pelo menos, o desgraçado deixou a janela aberta, não vai ter que arrombar de novo. Coisa de amador, ele é um profissional, quando entrou na casa fugindo deste mesmo Carangola e destes mesmos capangas, tratou de cobrir bem os seus passos, este mesmo Carangola e estes mesmos capangas passaram direto, nem se tocaram de que Max estava na casa ou, pelo menos, é o que ele pensa.

– Vocês não vêm?

Carangola balouça a cabeçorra para um e outro lado.

– Cê tá cansado de saber que meu negócio é outro. Te encontrar e te enfrentar é problema teu.

– Mas vocês estavam comigo até agora! – protesta Max.

Carangola sorri, enigmático, como um ator que estivesse lendo um roteiro e deparasse com uma rubrica dizendo "Carangola sorri, enigmático".

– Quem disse que nós estávamos com você?

Carangola desaparece, a chama de uma vela negra apagada pelo vento. Os demais o seguem, outras tantas chamas de outras tantas velas negras apagadas pelo mesmo vento.

Justiça seja feita, desta vez Max não se surpreende.

$\aleph_{37}$

Quer saber? Fodam-se vocês, antes só do que mal-acompanhado. Até porque, se bem me lembro, da última vez que eu pulei este muro e caminhei furtivo sobre estes ladrilhos empoeirados e estendi as mãos para o trinco deste janela, eram vocês que estavam atrás da minha caveira. Quando foi que passamos a amiguinhos de infância? Que eu me lembre, nunca. Então, não me venha com essas intimidades de comparsa, Carangola, que eu não te dei essas intimidades de comparsa, Carangola. Tá a fim de me ajudar? Ótimo, não sou eu que vou recusar, seja muito bem-vindo. Não tá a fim, veio aqui só pra ver o circo pegar fogo, então pau no seu cu, que eu me viro bem sozinho, conheço esta sala muito melhor do que gostaria, estes bibelôs horrendos que dá vontade de esmigalhar com uma marreta, esta TV de tela plana que dá vontade de arrebentar com um tiro, estas pilhas de cedês ao lado do aparelho de som que eu tenho vontade de chutar para longe e ver eles todos desabando que nem aquelas torres do World Trade Center, taí uma ideia que não é das piores, sequestrar um avião no aeroporto e vir voando com ele e jogar o avião em cima da casa pra explodir com tudo e ver se eu me livro de uma vez, nem que seja morrendo, não fosse pela suspeita de que nem morrendo eu me livraria, pior, ficaria condenado a vagar pelos cômodos da casa por toda a eternidade, subir e descer as escadas até o Dia de São Nunca, arrastar correntes metafóricas numa prisão concreta até o cu fazer bico. Sorte, Carangola, que você sugeriu uma alternativa melhor, e eu sou totalmente a favor de alternativas melhores, Carangola, mesmo quando elas vêm de você, que extrai um prazer perverso em ficar olhando a minha cabeça ferver num caldeirão. Sabe do que mais? Que se dane, agora a minha filosofia de vida é essa, que se dane, não preciso de nenhuma outra filosofia, ao contrário daquele merdinha fujão que teve que se meter numa faculdade pra tentar entender o mundo, coisa mais viada. Tá me ouvindo, merdinha? Pra mim tu é um viadinho, isso que tu é, um viadinho cagão, e não adianta nada se esconder porque eu vou te achar e te enfiar uma bala no meio da tua fuça cagona, não vou admitir um Max viadinho andando por aí, sujando o meu nome, ainda que seja um Max potencial, um Max que não existe de verdade e, no que depender de mim, nunca vai existir. Você não tem a menor ideia do buraco onde se enfiou. Melhor aparecer, uma bala é uma bênção perto das coisas que podem te acontecer aqui dentro. Fala aí, João Caveira, sentiu minha falta? Escuta só, por acaso cê me viu passar por aqui? É, eu já esperava que não. Tu e aqueles três macaquinhos deve ser tudo parente. Em todo caso, não é que eu esteja duvidando de você, veja bem, mas é melhor dar um checada no quintal, vai que o outro eu passou quando cê tava distraído ou se esgueirou pelas tuas costas e puta que pariu, tinha esquecido do cachorro. Pensando bem, por ali eu acho que não fui, devo ter ido é pro segundo andar. Você cometeu um erro ao entrar nesta casa, meu caro *alter ego*. Se ainda não notou, ela não tem saída. Aqui, as portas te levam pra todos os lugares e pra lugar nenhum. Eu sei muito bem do que tô falando, desde que botei os pés nesta merda não faço outra coisa senão tentar sair. É por isso que eu tenho que te matar.

Pra sair deste inferno nojento.

Putzgrila, como eu queria um cigarro. Não, não queria, eu não fumo, quem fuma é o outro, e nem é o maior defeito dele, no meu sonho o outro Max é um assassino, um matador profissional, e deve ser mesmo, a julgar pelo à-vontade com que ele segura a pistola como se fosse uma extensão natural de seu corpo, como se fosse o pênis que ele tivesse enfiado a mão na calça e tirado para fora e estivesse prestes a bater uma punheta, mas não é bem o que ele pretende, ele pretende me matar por motivos que ignoro, já deixou seu propósito bem claro, e é por isso que ele acaricia a arma com a palma da mão que se amolda suavemente à coronha, não que eu esteja vendo, daqui onde estou não vejo nada e ele também não me vê, como quando eu era criança, acordava de um pesadelo e cobria a cabeça com o edredon do Super-Homem que eu tinha e gostava e era a minha coberta preferida. No sonho tinha uma caveira e o nome da caveira era Caveira Maldita e ela queria me pegar e eu fugia e desembocava no meu quarto e acordava e ficava com medo que ela me seguisse até o meu quarto e cobria a cabeça com o edredon do Super-Homem, convicto de que, se eu não visse a Caveira Maldita, a Caveira Maldita também não ia me ver e deve ter funcionado porque ela nunca conseguiu me pegar e eu espero que a mágica funcione de novo e eu tenho medo de que esse outro Max seja um agente que a Caveira Maldita mandou para concluir a tarefa que ela não conseguiu quando eu era criança e eu me censuro, homem feito, estudante de filosofia, experiente nas coisas da vida, já fumei maconha e tomei ácido e experimentei quetamina, ou não experimentei quetamina, e ainda assim estou aqui, encolhido atrás da cama, com medo de um pesadelo de infância, não, você está é confuso, não é da Caveira Maldita que eu tenho medo, é do outro Max, a não ser que o outro Max seja um agente da Caveira Maldita, a não ser que esse outro Max seja a Caveira Maldita disfarçada e nem Leibniz nem Malebranche nem Nietzsche têm nada que possa me socorrer agora, não tem identidade dos indiscerníveis que me salve, ele sou eu amanhã eu sou ele hoje quem éramos nós ontem? e isto não impede que ele queira me matar, e é por isso que ele acaricia a arma com a palma da mão, não escuto quando ele pula a janela e entra na casa mas escuto quando ele me chama, me grita, me faz promessas que não são promessas de amor, quer seja amor próprio ou amor de si, narcisismo, pulsão de morte, além do princípio do prazer, Freud também é estudado nas faculdades de filosofia, Jung nem tanto, ele é a minha sombra ou sou eu a sombra dele? o viandante e sua sombra, o ser e o nada, matéria e memória, o silêncio dos espaços infinitos não me apavora tanto quanto o eco de seus gritos ou minha respiração que me soa estertórea aos ouvidos, não é possível que ele não ouça, que ela não me denuncie e o traga até aqui com a arma que ele acaricia na palma da mão, o conflito é o pai de todas as coisas, tudo flui, o mesmo homem é e não é o mesmo homem que mergulha e não mergulha no rio que é e não é o mesmo rio, o mesmo homem é e não é o mesmo homem que sobe e não sobe as escadas que são e não são as mesmas escadas da casa que é e não é a mesma casa, e ele berra que só quer sair deste inferno nojento, eu também só quero sair deste inferno nojento, não pedi para ser jogado neste mundo, não pedi para nascer, peço para não morrer, para não morrer pelas minhas próprias mãos que são as mãos de um estranho, alguém que nunca vi e que me olha do fundo de um espelho envelhecido e eu rezo para que não me veja, para que eu possa voltar aos braços de Rosa que talvez seja minha namorada e talvez seja a Caveira Maldita, eu amo Rosa, acho, e acho que não amo a Caveira Maldita, espero, em desespero, uma corda sobre o abismo, um prenunciador do raio e uma pesada gota da nuvem, seus passos são o trovão que ribomba sobre o quarto dos fundos, o quarto onde não me encontro, ele vê que não estou lá e volta e hesita junto à escada e para diante da porta do banheiro, um instante mais e estará consumado, sinto sua mão se estender pelo ar e acariciar a maçaneta que se amolda suavemente à palma, a maçaneta gira, a porta abre e ele entra.

Mas este raio chama-se Super-Homem.

$\aleph_{38}$

Ele abre a porta e espia e entra e procura e não enrista a arma porque a arma já está em riste, mas sente como que um aprofundamento da tensão com que a segura, uma vibração surda e invisível e intangível, uma vontade de colocá-la em uso, de pressionar o gatilho, acompanhar a trajetória da bala, pudesse enxergar em câmera lenta, assistir ao nascimento de um rombo no peito ou na testa ou na nuca do usurpador que quer tomar seu lugar no mundo, sabe que não é realmente um usurpador porque tem consciência de que não ocupa realmente seu lugar no mundo, são dois Max incompossíveis, apenas isso, e até acha legal que a interferência de suas ondas de probabilidade lhe permita empregar palavras como incompossível, que seu eu natural nunca que chegaria a conhecer, mas também sabe porque Carangola lhe explicou que um deles precisa morrer para que o outro viva e é por isso que não consegue evitar de pensar no segundo Max como um usurpador, o fato mesmo de ser um Max mais jovem prova que ele veio a vir a ser depois do Max mais velho, sente que tem mais direito à existência do que esse fedelho, uma espécie de usucapião da realidade, tá certo que por esse raciocínio aquele Max idoso, professor de física, teria precedência sobre ele, o que não o impediu de puxar o gatilho, mas vamos ser sinceros, aquele era o Max que ele gostaria de ser, um pedaço rançoso de carne apodrecida, trancafiado num asilo, que não consegue nem cagar e se limpar sem a ajuda de uma enfermeira? Nah, aquele navio naufragou antes mesmo de deixar o porto e devolvê-lo ao reino das potencialidades que nunca chegarão a se concretizar foi um ato de misericórdia para este Max, capaz até de lhe acumular algum bom carma, de peso equivalente ao da bala que pretende enfiar na fuça ou nos fundilhos do fedelho, que só pode estar aqui ou no banheiro, o resto da casa ele já olhou e o banheiro não tem tantas opções de esconderijo quanto o quarto, eu sei como eu penso, mesmo um eu que é um outro, ele está escondido no quarto e eu sou capaz de apostar que é embaixo da cama.

– Apostou errado!

Ele espia o outro Max pela fresta da porta do guarda-roupa e vê o outro Max fazer uma varredura do quarto e tentar adivinhar onde foi que ele se escondeu e vê o outro Max tomar uma decisão e se abaixar para olhar embaixo da cama e percebe que é a sua chance e escancara a porta do guarda-roupa e vê como a porta golpeia a bunda do outro Max e o faz meter o chifre no estrado da cama e aposta que vai ficar um galo e acha mais do que bem feito. Segura nas mãos a vassoura que encontrou encostada atrás da porta ao entrar no quarto, não é a arma ideal mas é a arma possível, o outro Max se vira com os olhos escangalhados de espanto, tenta se levantar, ele o golpeia com o cabo da vassoura, acerta na têmpora, esfola a pele, arranca sangue, o outro Max cambaleia e vai de novo ao chão, ele torna a erguer o cabo da vassoura mas é obrigado a imobilizar o golpe no ar ao deparar com o cano da pistola apontado para o nariz.

– Porra, você é o quê, retardado?

א 39

– COMEU MERDA QUANDO ERA criança? Abaixa essa porcaria antes que eu enfie a vassoura no teu cu.

– Você tá querendo me matar. Eu não te fiz nada e você tá querendo me matar.

– É, mas como você sou eu, isso não é assassinato. No máximo, suicídio.

– Posso pelo menos saber por quê?

– Não, não pode.

– Se eu vou morrer, tenho o direito de saber o quê que tá acontecendo.

– E você acha que eu sei? O mundo ficou doido e a única coisa que me disseram é que só pode haver um.

– Um?

– Um de nós, sua besta.

– Qualquer um?

– Pode tirar esse sorrisinho imbecil da cara, colega. Garanto que eu é que vou ser esse um.

O cano da arma se ergue por um impulso que parece nascido antes da própria pistola do que da mão que a empunha. Desbrava as trevas, rasga a escuridão. Aponta para o caminho que a bala deve seguir, a trajetória de um cometa em meio à noite sem estrelas. O cão recua. O dedo aperta o gatilho.

A arma dispara.

א 40

A ARMA DISPARA.

A bala deixa o cano, movida por uma pressa transcendental. Mergulha no espaço entre os dois Max, abre caminho a braçadas largas, mira o peito do alvo, cheia de expectativa, ansiosa pelo momento em que chumbo e carne vão se acasalar, a penetração quase erótica do metal na superfície branda do tecido epidérmico, o sangue esporrando, o grito orgásmico da morte, as sensações que a bala foi fabricada para elicitar e desejar e esperar, as coisas pelas quais vale a pena viver, um minúsculo David deitando por terra um Golias de um metro e sessenta e cinco, pode não parecer grande coisa, mas é um verdadeiro gigante quando você é uma cápsula de dois centímetros de comprimento.

Mas Golias não está lá.

Em vez da pele macia que esperava rasgar, ela afunda o nariz numa superfície dura e plana, uma substância granulosa desliza ao longo de seu corpo metálico, partículas que entrariam em suas narinas, se ela as tivesse, flutuam numa nuvem ao seu redor. Tem horas que a bala desejaria ter uma boca e uma língua e cordas vocais que lhe permitissem gritar para o mundo toda a sua frustração diante do fracasso ineludível. Ela foi criada com um único objetivo, era a missão de sua vida, e a bala falhou ao cumpri-la.

Em vez do alvo, ela acertou a parede.

Justiça seja feita, a culpa não é da bala, que se desincumbiu de sua missão da melhor maneira que pode. Quem poderia prever que a vítima teria agilidade suficiente para se desviar, saltar sobre a cama e cair do outro lado, não só escapando ao alcance da bala, mas também fugindo do campo de visão do homem com a arma? Se houver uma vida após a morte e a bala for chamada a prestar contas de suas falhas, é isso que ela vai alegar aos Senhores do Karma, que a culpa foi do alvo, ele é que deveria ser trazido à augusta presença dos juízes e cumprir a pena prevista no código cósmico para aqueles que obstruem o cumprimento do destino dos outros. Acalentada por esse raciocínio, ela se deixa arrastar para a inconsciência, não sem antes ouvir as palavras do dono da arma, tão cheias de frustração quanto seus pensamentos de bala:

– Tem gente que não facilita.

Para início de conversa, ele não tinha que estar participando da cena, não tem nada a ver com o peixe, que é Hécuba para ele ou ele para Hécuba? Não é espada, não é porrete, muito menos um punhal. Seu trabalho é bem simples e não tem nada a ver com derramamento de sangue. Consiste apenas em se deixar empunhar pelas mãos da dona de casa ou empregada ou faxineira ou diarista, a fim de que ela possa impelir o escovão que ele tem nos pés e varrer a sujeira da casa. Certa vez, ele e o escovão tiveram uma discussão áspera sobre qual dos dois era mais importante, o escovão argumentando que o cabo era subalterno e só existia em função dele, e o cabo replicando que, não fosse por sua função "subalterna", o escovão seria tão inútil quanto um violino numa oficina de automóveis. Até então, essa troca de palavras tinha sido o mais próximo que o cabo da vassoura jamais chegara de qualquer tipo de violência. E gostaria de continuar assim, obrigado. Até porque os últimos tempos foram de paz e tranquilidade, esquecido atrás da porta do quarto após a derradeira varredura da casa, pouco antes que seus moradores partissem para um destino ignorado. Ali, o cabo tinha todo o tempo do mundo para ruminar seus pensamentos, uma atividade que, diga-se de passagem, ele muito apreciava.

Mas tem um tipo de gente que não pode ver os outros tranquilos, não é verdade?

Primeiro, o cabo foi arrancado de seu repouso e arrastado contra a vontade para dentro do armário por mãos desconhecidas, que se apertaram com firmeza ao redor do seu pescoço. Se ele tivesse boca, teria protestado com vigor, argumentando que aquela não era a maneira apropriada de segurar um cabo de vassoura. Se o sujeito demonstrasse um pingo sequer de boa vontade, poderia até lhe ensinar qual a maneira correta, o melhor jeito de inclinar o cabo para obter o máximo de eficiência do escovão, pequenas dicas e truques que o cabo fora acumulando em seus anos de prática no ofício de varrer o piso. Mas não tinha sido agraciado com o dom da fala e, fosse como fosse, não foi boa vontade que ele viu no rosto do rapaz que o sequestrara.

Foi medo.

Podia sentir o suor escorrendo das mãos do jovem, encharcando a madeira de que ele era feito. Em tempos, fora dotado de um revestimento plástico que o protegeria daquela indignidade suarenta, mas o revestimento acabara se rasgando com o uso repetido e o cabo agora era obrigado a aceitar calado a umidade que aspergia sua nudez. E a verdade é que o medo que causava o suor também o estava assustando, e mais assustado ficou ainda quando o homem que causava o medo que causava o suor abriu a porta e adentrou o quarto. Meia dúzia de rugas a mais ou a menos, era a cara do seu sequestrador cuspida e escarrada.

E segurava uma pistola.

Por ele, tinham ficado bem quietinhos dentro do guarda-roupa, esperando a ameaça ir embora. Mas o rapaz pensava de outro modo. Aproveitando-se de uma distração do não-rapaz, partiu para cima dele com tudo e o cabo de vassoura teve de se sujeitar à humilhação de ser rebaixado ao papel de borduna improvisada.

Então veio o tiro.

Do ponto de vista do cabo, as coisas aconteceram em câmera lenta. Seu jovem sequestrador jogou-se para o lado, de qualquer jeito, obedecendo a um impulso instintivo. A bala singrou o ar, bordejou o seu ombro e foi se perder na parede, ao mesmo tempo em que o rapaz, sempre com a vassoura na mão, tropeçou na beirada da cama, caiu sobre o colchão, rolou para a direita e despencou no chão atrás da cama. O problema é que, com isso, o peso de seu corpo desabou sobre o cabo, que se partiu em dois com um estalido seco. Em pânico, agonizando, o cabo ouviu o não-rapaz resmungar, contrariado:

– Tem gente que não facilita.

Sua consciência se esvai por entre as lascas de madeira fibrosa que, uma fração de segundo atrás, constituíam seu corpo. Imagina que o homem com a arma não vai deixar barato. Adivinha seus movimentos, contornando a cama, carrasco em pós da vítima. No que concerne ao cabo moribundo, porém, o algoz é o outro, o rapaz que pôs a termo sua breve vida de cabo de vassoura e, se lhe tinha alguma simpatia, ela se quebrou com um estalido seco. Torce para que a segunda bala tenha sucesso onde a primeira falhou. Com os sentidos já toldados pelo torpor da morte que se avizinha, o cabo sente a mão do rapaz se fechando sobre ele e percebe que seu calvário ainda não terminou. No momento em que a caratonha feroz do homem mais velho assoma diante dele, o rapaz se lança para a frente, empunhando o que sobrou do cabo com um berro animalesco:

– Só pode haver um!

E é com horror que o cabo de vassoura se dá conta de que a última visão que levará deste mundo é a de sua extremidade pontiaguda penetrando no pescoço do outro e submergindo numa maré de sangue.

א 41

Ele senta na beira da cama, fica lá parado não sabe por quanto tempo, não sabe nem se existe o tempo ou ali o tempo se transforma em espaço, o tipo de coisa que só um estudante de filosofia seria capaz de pensar. Mas aí é que está a coisa, se ele é Max e se Max é um estudante de filosofia, então de quem é o cadáver caído de costas sobre o carpete caramelo? Olhos arregalados, a boca arreganhada numa expressão intermediária entre o sorriso do triunfo e o esgar da derrota, dentes de vampiro. Não, dentes de vampiro ele não tem, não. Mas bem que poderia, ainda mais com aquela estaca encravada na garganta, se bem que, a seguir o manual, o lugar de praxe para a estaca fosse o coração. Mas aí é que está a coisa, se ele é Max e se Max é um cadáver caído de costas sobre o carpete caramelo, então quem é que está sentado na beira da cama?

A razão da imobilidade, a ausência de uma resposta coerente. Porque, se você desconhece quem é e qual o corpo que te pertence, como é que o cérebro vai poder dar uma ordem para os músculos? Ele manda esta mão se mexer, mas quem obedece é aquela outra largada junto ao defunto, e aí, como é que vai ser? Tem medo até de pensar, medo de que as sinapses iniciadas aqui se fechem ali. Cerra os olhos, não precisam lhe dizer que é uma bobagem, ele já cansou de fazer isso, o mundo não desaparece, só finge que se esconde por detrás das pálpebras, mas continua lá e, no momento em que tornar a abri-los, vai saltar sobre Max e gritar bu e exclamar te peguei e cantarolar enganei um bobo na casca do ovo. Mas aí é que está a coisa, repito, qual deles é o bobo e qual é a casca do ovo?

A lembrança do k-hole, uma pontada de nostalgia. Tão mais simples, uma alucinação causada pela quetamina, mesmo uma overdose seria preferível, acordar num hospital ou nem acordar, resvalar em silêncio para uma escuridão de verdade, uma escuridão que não fosse apenas o mundo escondido por detrás das pálpebras cerradas.

Eu acabei de matar um cara.

O cara era eu.

Ou foi ele que me matou?

No final, quem decide é a garganta, a outra garganta digo, a que não tem a metade de um cabo de vassoura atravessada, e que se contrai num ressecamento nascido do pavor, as cordas vocais retesadas a ponto de se romperem, troncos finos de árvore que precisam ser aguados. A sede, uma necessidade primitiva, animal, que ignora as angústias ontológicas do cérebro, assume o comando dos membros, um mamífero rastejando em direção ao riacho depois de escapar de um predador atávico. Ele dá por si já descendo os degraus da escada, a mão esquerda pesa, ele não entende por que até lhe ocorrer que não é a mão que pesa, é a arma que ela carrega, em algum momento o mamífero deve ter parado junto ao morto e se abaixado e pegado a arma, bicho esperto, pode ter outros predadores atávicos rondando por aí.

Sentado não é bem a palavra, você tem que ter uma bunda para sentar e bunda, João Caveira não tinha. Mesmo assim, estava sentado sobre a mesa, na posição em que o falecido Max o deixara. Podia ter mudado de posição se quisesse, mas não queria mudar de posição só para mostrar que podia. Preferia gastar o tempo que não corria na casa ponderando sobre profundas questões metafísicas. Por exemplo, se o plástico era mais eterno do que o osso, e era. Mentira, não ponderava sobre nada, não tinha um cérebro para ponderar, não tinha cérebro e não tinha bunda, era só um pedaço oco de plástico em forma de caveira. Mentira, a caveira nem estava lá, estava dentro da cabeça de um menino, junto com a mesa e o piso, as paredes e a geladeira. Mentira, era a cabeça do menino que estava dentro da casa e a casa dentro da caveira, porque a natureza abomina o vácuo, e não ia deixar de ocupar o espaço vazio no interior de um crânio, de plástico que fosse, mais eterno do que o osso.

Ouviu o Max mais recente descer as escadas, os pés rastejando nos degraus como as patas de um bichinho receoso, e dali a alguns segundos, viu-o entrar na cozinha, o revólver o deixava mais parecido com o Max que mal acabara de matar do que ele gostaria de admitir. Não fazia diferença, pensou ou não pensou João Caveira, a hora chega para todos e a carne é mais efêmera do que o osso ou o plástico.

Max passou pela mesa sem se dignar a olhar seu ocupante, gesto que não chegou a incomodar João Caveira, e foi direto para a pia, a caveira imaginou ou não imaginou se veria o repeteco de outra cena mais distante. Max, porém, era um rapaz educado, apesar de ter ignorado olimpicamente João Caveira. Interrompeu a trajetória a centímetros do gabinete, corrigiu a rota para o armário, abriu a portinhola, pegou um copo. Era um copo americano, um cilindro de vidro comprido e transparente, que ele colocou sob a torneira e só então a abriu, a boca do copo escancarada com sofreguidão para receber o líquido rumorejante que era como o clamor de muitas vozes. Foi quando João Caveira decidiu ou não decidiu que era chegado o momento de intervir.

– Ô psit!

Max deu um pulo proverbial e era uma beleza ver o copo se estilhaçando a seus pés, um vaso sefirótico se rompendo, deixando vazar centelhas líquidas de espírito que se afundavam na matéria do chão. Agora que aquela superposição deixara de ser coerente e a função de onda dos dois Max entrara em colapso, o mais jovem já não detinha as memórias estado-dependentes do mais velho, as lembranças sobre João Caveira não lhe eram mais acessíveis e, ainda que fossem, o mais velho também nunca ouvira a Voz da Caveira.

– Tu mostrou que é macho pra caralho, não é?

Max só fazia encarar o crânio sobre a mesa, imóvel, paralisado por duas subrotinas opostas tentando assumir o controle do sistema, a rotina primal do réptil que operava nas profundezas do tronco cerebral e lhe dizia para fugir, e a rotina neocortical do homem que se deixava atrair pelo espanto como uma mariposa irresistivelmente atraída pela chama da vela. Como nenhum dos dois comandos preponderava sobre o outro, Max se consumia numa estase muda.

– Chega aí.

Era o reforço de que a mariposa precisava e, mesmo sob os protestos do réptil assustado nas entranhas de Max, ele se aproximou, tomado pela curiosidade.

– Eu tenho um trabalhinho pra ti.

Sem saber por quê, Max acariciou o revólver.

א 42

Um menino e uma menina brincam na calçada. O menino é Max e a menina é vizinha de Max. O nome dela é Rosa. Ele ainda não sabe muito bem que nome dar a essa sensação gostosa de cosquinha que tem quando está junto com ela, não sabe muito bem nem que essa sensação tem um nome. Só sabe que é uma sensação boa e é por isso que ele passa todo o tempo que pode brincando com Rosa. E ela se aproveita disso. Com toda a capacidade de sedução de uma menina de seis anos, Rosa se aproveita e bota Max pra fazer coisas que ele morre de vergonha de fazer, mas faz porque foi Rosa quem pediu. Que nem agora, que ela o arrastou para brincar de casinha, ele e seu Falcon, não se sabe qual dos dois fica mais envergonhado, Max ou o boneco, que foi feito para escalar montanhas e voar em espaçonaves e enfrentar bandidos, não pra sentar numa mesinha de plástico coberta com uma toalhinha florida de plástico e tomar chazinho numa xicrinha de plástico, olhando pra uma Barbie de plástico e pensando pensamentos de plástico. Pelo menos não é tão esquisito como daquela vez que Rosa pegou a mão dele e enfiou dentro do vestido dela e enfiou o dedo dele dentro da calcinha e fez ele passar o dedo na periquita dela e Max sentiu um buraco mole e ficou perturbado, se perguntando se a mãe também tinha um buraco igual no lugar em que devia ficar o pipi dela. E teve aquela outra vez em que Rosa agarrou Max igual tinha visto na novela e tascou uma bitoca na boca dele e disse que quando eles crescessem iam casar e ser marido e mulher e ter um monte de filhos. Vai ver é pra isso que ela fica querendo brincar de casinha, pensa Max. Pra treinar.

E lá vem Max, fazendo de conta que é marido, com uma boneca no colo que ele faz de conta que é um bebê, vermelho que nem ferida no joelho, morrendo de medo que alguem passe e o veja daquele jeito ridículo. Ele chega perto de Rosa e da mesinha de plástico, olha para o Falcon em busca de apoio moral, mas não consegue se forçar a dizer as palavras que Rosa inventou pra ele falar, e ela olha pra ele impaciente, não tem o dia todo, Max quer cavar um buraco no chão da calçada, enfiar a cara no buraco e depois cobrir com terra, mas em vez de um buraco, o que ele abre é a boca, a frase sai se retorcendo feito o verme que ele vomitou depois que a mãe lhe deu um vermífugo, eca:

– Olha só quem eu trouxe pra tomar café com a gente!

Deixa cair os braços, desolado, ainda segurando a boneca pelo pé.

– Isso é muito mico, já pensou se os meus camaradas me veem?

– Larga mão de ser chato, Max! – ralha Rosa e, com a maior naturalidade, volta para dentro do personagem. – Onde foi que você achou essa coisa feia?

Max suspira, resignado.

– Na lata do lixo...

É hora de salvar o pobre moleque de sua agonia. Max, adulto, ex-estudante de filosofia promovido a assassino, sai de seu esconderijo e se aproxima, as mãos para trás, escondendo o revólver.

– Ô guri, posso dar uma palavrinha com você?

O menino dá um pulo que quase acerta com a cabeça no poste de luz, parte susto e parte vergonha por ter sido surpreendido com uma boneca na mão. Menino e homem se encaram.

– Eu te conheço? – pergunta o menino.

– Não vai com ele, não, Max – alerta Rosa. – Tua mãe nunca falou pra não conversar com estranhos?

O homem encara Rosa:

– Eu não sou exatamente um estranho.

O homem encara o menino:

– E sim, guri, você me conhece. De certa forma.

O menino encara o homem:

– Conheço nada! Quem é você, então?

Max ri.

– Você poderia dizer que eu sou teu filho. E vim aqui pra cometer um parricídio.

Ele traz a mão pra frente e o menino se assusta ao ver a arma e olha assustado para Rosa...

– Não olha pra cá, Max.

...e o que ele vê não é a menina com que ele brinca de casinha, não é sua vizinha, é uma mulher adulta e metade da mulher é feita de esqueleto.

– Eu nem tô aqui.

Rosa desaparece diante dos olhos espantados do menino.

– Liga não, moleque – diz o adulto, blasé. – Ela vive fazendo isso.

O menino sai correndo para dentro de casa.

– Manhêêê!

– Pra que tanto escândalo? – resumunga o homem.

E sai correndo atrás do menino.

א 43

Isto não é meu isto não sou eu isto não é meu eu, pensa Max, os pensamentos se esforçando como podem para acompanhar o ritmo da corrida. Você pega a arma de um morto e é forçado a pegar também sua alma. A língua ferina, o cinismo, o cansaço de quem arrasta uma pilha de cadáveres, todos dele mesmo. O menino entra no quintal, empurra o portão preto de ferro com força, o portão bate na mureta e ricocheteia, Max interrompe o movimento com a outra mão, a mão que não segura o revólver. Nesse ínterim, o menino já se enfiou pela porta da sala e sumiu dentro da casa. Foi se esconder na barra da saia da mãe, decerto. Como se a mãe estivesse ali, como se ela não fosse uma alucinação conjurada por qualquer que seja a força que decidiu colocar todos os Max do mundo para brigar entre si, até restar apenas um. Max abre a porta da sala, cauteloso – todo mundo lá dentro pode ser só alucinação, mas uma alucinação capaz de derrubá-lo com um murro – e entende a feroz determinação do Max que ele matou em sobreviver.

Só pode haver um.

Que esse um seja eu.

Ele conhece aquela sala e, não, não é a sala da casa mal-assombrada onde talvez a assombração seja ele. É a casa onde morou quando criança, quando tinha a idade do menino que persegue, e como poderia ser diferente, se o menino que persegue é ele próprio? Na imaginação dele, aquele sofá preto de couro sintético era uma cadeia de montanhas que o menino desbravava com sua frota de carrinhos de ferro, alguns dos quais ainda estão por ali. O tapete vermelho gasto já tinha sido um deserto marciano, colonizado por uma tropa de playmobils. E a estante envernizada de madeira, às vezes edifício, às vezes cordilheira. Max se pergunta o que vai acontecer quando ele matar a sua infância. Pela boa lógica, a lógica que ele aprendeu na faculdade, nas aulas de Lógica I com o prof. Pablo Rubén Mariconda, se ele matar o passado estará também aniquilando, de um só golpe, o presente e o futuro. Mas a boa lógica, a lógica que ele aprendeu na faculdade, não se sustenta diante de presentes que se bifurcam e futuros que proliferam. O menino é o pai do homem, mas *aquele* menino não é o pai *deste* homem, João Caveira lhe explicou, é o pai do outro Max, do Max que ele matou, ou de um outro Max, um Max que o Max que ele matou já tinha matado antes.

– Aparece logo, moleque! – Max vocifera, a cabeça doendo com tanta complicação. – Eu não tenho mais a tua idade pra brincar de esconde-esconde!

O menino, que não é bobo nem nada, não responde. Max empunha o revólver e segue na direção da escada. Sobe um degrau, depois outro e mais outro. E é entre o terceiro e o quarto degraus que ele se toca. A casa da Vila Nivi, do sofá preto de couro sintético e do tapete vermelho e gasto, dos carrinhos de ferro e dos bonecos playmobil, pois é, aquela casa não tinha escada.

É o bastante para que ele perceba que não está mais na casa da Vila Nivi.

– Iniõte!

De onde saiu esse índio que brotou na frente dele, os braços cruzados no peito, barrando o topo da escada? Puta que pariu, não me faltava mais nada, Max pula com o susto e reage por instinto, deve ter herdado alguma pontaria de seu falecido *alter ego*, se bem que daquela distância não tem como errar, seria à queima-roupa se o índio não estivesse pelado, ele abraça a bala no peito e tomba para trás, já não impávido nem colosso, apenas mais um cadáver entre tantos.

– Ene-ó-tê pra você também – diz Max.

E então o índio é substituído por uma índia, também pelada e desesperada, que pula o corpo do marido e se atira em cima de Max, esmurrando-lhe o peito com mãos histéricas que parecem socar um tambor.

– Tenha a santa porra da paciência – resmunga Max, enfiando a arma sob o queixo da índia e puxando o gatilho. O tampo da cabeça da mulher voa longe, tingindo o teto de vermelho. As mãos ainda ensaiam um par de murros por reflexo, mas já não lhe alcançam o peito e ela cai, uma trouxa de carne rubra no colo sem vida do índio.

– Aí, guri! Já tá enchendo o saco! Onde é que você foi descolar Ceci e Peri?

Não, isso não está certo, pensa Max, terminando de subir a escada e entrando no corredor. Ceci não era índia.

– Quem é que vai aparecer agora? Iracema, a virgem dos lábios de mel?

O quarto o envolve com mais lembranças, memórias que lhe pertencem e ao mesmo tempo não pertencem, a cama com colcha do Super-Homem, o pôster do *Retorno de Jedi* rasgado no canto inferior esquerdo, então é isto que significa surfar sobre um ponto de bifurcação, a pilha de carrinhos de ferro amontoados aqui, a pilha de *action figures* de plástico amontoadas ali, deslizar nas ondas que brotam onde as realidades divergem, o Falcon reinando solitário no centro do quarto, o guarda-roupa, o guarda-roupa, o guarda-roupa.

O guarda-roupa.

Crianças são tão previsíveis.

Sentindo-se o bicho-papão que se fez carne, tomai e comei este é o meu corpo tomai e bebei este é o meu sangue, Max se aproxima do guarda-roupa e escancara a porta com um repelão que faz a madeira gemer nas dobradiças. Lá dentro, escondido entre casacos e jaquetas e camisas de botão que ele só usa em dia de festa pra não esgarçar, o menino se encolhe e seu olhar amedrontado se enterra no peito de Max feito um saca-rolha.

– Não pense que eu gosto de matar crianças, Max.

Puxa o menino para fora do guarda-roupa, quase com delicadeza.

– Especialmente quando o menino sou eu.

O menino se deixa puxar em silêncio.

– Mas são as regras.

Max aponta a arma para a testa do menino.

– Pra um de nós existir, todos os outros têm que morrer.

O menino não diz nada.

Max atira.

Durante um instante, nada acontece. O menino fica parado, olhando para o Max adulto com uma expressão vazia, um buraco vermelho na testa. Deveria ter caído para trás, sua cabeça deveria ter explodido, o sangue deveria escorrer pela ferida. Não escorre, não explode, não cai. Então, em volta do orifício aberto pela bala, o corpo do menino começa a rachar feito um ovo. As rachaduras vão se espalhando pelas maçãs do rosto, pelo queixo, pelo pescoço. Estendem-se em direção aos braços, recobrem-lhe o peito como o mapa de uma bacia hidrográfica. Conquistam a barriga, escorrem pelas coxas, descem até os pés. As frestas põe-se a brilhar, luzes vermelhas e verdes, luzes azuis e amarelas, luzes brancas, um espetáculo de canhões-LASER projetando-se na parede e no teto e no chão acarpetado e na colcha do Super-Homem, refletindo-se no rosto do Falcon, no rosto de Max, banhando os carrinhos de ferro, serpenteando pelo próprio ar, entrelaçando-se em filigranas, rodopiando em bailados hipnagógicos, numa pirotecnia feérica, numa explosão de fosfenos.

– Caralho do Padre Inácio!

O Max adulto recua. Um a um, os fragmentos do corpo do menino caem no chão, cascas inúteis, pele velha abandonada pela serpente, e onde ele estava agora há uma massa de luz branca, cristalina, e no centro da luz Max entrevê um vulto que toma forma, e a forma do vulto é a de um esqueleto, um esqueleto de cartola, um esqueleto de cartola e capa, um esqueleto que segura um tridente e tem olhos vermelhos flamejantes e que dá um passo à frente e sem dizer uma palavra arranca a cabeça de Max com o tridente.

$\aleph_{\infty}$

A cabeça de Max rola pelo chão, levada pela força do impacto. Atravessa o umbral da porta e vai girando corredor afora, uma bola de boliche com olhos, deixando um rastro de sangue. A expressão no rosto é de arregalada surpresa, não se sabe se pelo golpe que a separou do corpo ou por causa do calombo no carpete que a faz dar um pulo e desviar-se para a esquerda, para a escada, onde ela despenca pelos degraus e vai caindo, caindo e caindo, esta queda nunca vai ter fim?

Tem.

Ao pé da escada, Carangola apara a cabeça de Max com o caldeirão que segura na mão esquerda, tapa a panela com a tampa que segura na mão direita e seu rosto fechado de carranca se abre num sorriso prenhe de ironia.

– Isto vai dar um belo cozido.

EPÍLOGO

Max sempre tinha sido um menino cagão. Era assim que o pai dele falava quando se cansou de ser arrancado da cama de madrugada porque o filho despertara aos gritos de outro pesadelo. Larga mão de ser cagão, ele resmungava. Max bem que queria largar mão de ser cagão, mas quem disse que os pesadelos deixavam? Mais compreensiva, a mãe de Max o sentava no colo, afagava-lhe os cabelos e murmurava em seu ouvido que é só um sonho, Max. Sonho não faz nada, não machuca, não arranca pedaço. Max, porém, achava difícil de acreditar.

Começou quando ele tinha três anos. Toda noite, sempre o mesmo sonho. Uma criatura horripilante, a Caveira Maldita, vinha de outra dimensão para sequestrar ele e outras crianças, levava todos para o seu castelo, Max nunca soube para fazer o quê, porque era nessa parte que ele acordava berrando, jogava as cobertas longe e corria para o quarto dos pais.

Da última vez, no entanto, Max não acordou berrando. Nem lembrava direito do sonho. Sabia apenas que a Caveira Maldita estava lá, o resto era uma confusão só. Tinha um monte de Maxes, todos iguais e ao mesmo tempo todos diferentes, e nenhum era ele de verdade. Vai ver era por isso que eles foram morrendo um a um, até só sobrar Max, *o* Max, e a Caveira Maldita. Mas, e isso é que era esquisito, Max e a Caveira eram um, embora fossem dois. E estavam de pé no meio de uma enorme casa vazia, que era e não era o castelo da Caveira. E a Caveira Maldita lhe falava, e a voz da Caveira soava dentro da cabeça dele, que nem nos quadrinhos, quando um personagem consegue ler os pensamentos do outro. E o que a voz lhe dizia era:

– Todos esses mundos são seus.

Max não fazia ideia do que ela queria dizer. Estava espantado demais pelo fato de estar cara a cara com a Caveira Maldita sem sentir medo. Mas Max se espantou mesmo foi quando abriu os olhos e, em vez de se ver em seu quarto, em sua cama, coberto com sua colcha do Super-Homem, encontrou-se deitado no chão, em cima de uma esteira, cercado pelo pai, pela mãe e por um outro velho, todo mundo olhando pra ele com cara de preocupado. Ia perguntar se aconteceu alguma coisa, mas a mãe não lhe deu tempo, já correu para abraçá-lo, e ele viu pelo canto do olho que o velho estava sorrindo, mas o pai estava chorando.

Depois desse dia, não teve mais pesadelos.

Irene resolveu aproveitar a manhã de Sol para varrer a frente da casa. Gostava da rotina, da lida doméstica. Dava-lhe uma sensação de estabilidade, de permanência. Tinha a impressão de que todo dia fazer tudo sempre igual significava que o mundo continuava nos eixos, um oceano de normalidade no qual ela nadava com a desenvoltura de uma sereia. E minha Nossa Senhora, como a volta à normalidade caía bem depois do apuro que tinham passado com o garoto! Nem ela, nem o marido compreendiam bem o que acontecera, a coisa veio e os atropelou feito um caminhão, as explicações do Pai Cerqueira eram complexas demais para fazerem algum sentido, mas e daí? A única coisa que contava é que Max tinha voltado a si, e pouco se lhe dava se devia ser grata aos santos de sua infância católica, aos orixás que habitavam o terreiro de Pai Cerqueira ou simplesmente à enorme capacidade de recuperação das crianças.

Ouviu a porta da casa se abrir atrás dela e voltou-se. Max vinha saindo, rosto corado e olhos brilhantes, sempre com o Falcon na mão.

– Onde é que você vai?

– Brincar na rua.

– Vê se não me traz nenhuma porcaria desta vez!

– Tá bom, mãe. Não vou trazer...

Ao passar por ela, Irene não resistiu ao súbito impulso de abraçar o filho e cobrir a bochecha dele de beijos. Max fez uma careta e se desvencilhou envergonhado, olhando em volta para se certificar de que ninguém testemunhara a cena constrangedora. A mãe ficou vendo o menino se afastar, com um sorriso besta de mãe colado na cara. Quando ele chegou na esquina, ela piscou, intrigada. Devia ser efeito do Sol, só podia. Ilusão de ótica.

Vista de longe, a cabeça de Max parecia uma caveira pegando fogo.

Este livro foi
impresso na
PSI7 em
agosto de 2015